CINQ ARTICLES MAXIMUM

DE LA MÊME AUTRICE

Déboutonnage, Stock, 2010
Nous aurons des lits pleins d'odeurs légères, Les Escales, 2017
L'Ange et le Violoncelle, Fleuve Éditions, 2019 ; Pocket, 2020
La Valse des petits pas, Fleuve Éditions, 2022 ; Pocket, 2023
Les Quatre gars, Sarbacane, 2019
Une fille de perdue, c'est une fille de perdue, Sarbacane, 2020
C'est quand la vraie vie ?, Sarbacane, 2023

CLAIRE RENAUD

CINQ ARTICLES MAXIMUM

fleuve
ÉDITIONS

Ouvrage publié sous la direction de Xavier d'Almeida

ISBN : 978-2-265-15683-8

Dépôt légal : mai 2023

« On a toujours quelque chose à dire sur le corps des femmes. »

Annie Ernaux

« Tous les matins, même présence, même blessure ; sous mes yeux se dessine l'inévitable image qu'impose le miroir : visage maigre, épaules voûtées, regard myope, plus de cheveux, vraiment pas beau. Et c'est dans cette vilaine coquille de ma tête, dans cette cage que je n'aime pas, qu'il va falloir me montrer et me promener ; à travers cette grille qu'il faudra parler, regarder, être regardé ; sous cette peau, croupir. »

Michel Foucault

« Il est rare qu'on ne soit pas joli – autrefois. »

Samuel Beckett

À ma mère Godelive.
À mes filles Philomène et Ondine.

À Christine Leconte,
ma prof de lettres de la 4e à la 1re,
qui mit le feu à la poudre que j'étais.

À toutes celles qui s'aiment à retardement,
de façon rétroactive, dans la nostalgie.

À nous toutes.

1

Top à paillettes

Elles arrivent en meute. Des adolescentes rieuses et grandes gueules. Elles détestent attendre, elles n'ont pas de temps, elles courent vers la vie. Ce soir elles sont de sortie, et n'ont évidemment rien à se mettre. Ou des vieilleries qui ont deux semaines. Leurs placards les dépriment. Il faut du neuf, du jamais vécu, de l'aventure, des étincelles. Plus c'est court, mieux c'est. Elles ont des jambes de gazelle, fines et blanches, qui vacillent sur des talons trop hauts, des bras longs dénudés aux gestes grandiloquents, des seins dont on voit clairement et distinctement les volumes. Ce que tous jugent vulgaire, les paillettes, les décolletés, les fentes, les imprimés léopard, c'est précisément ce qu'elles recherchent, ce qu'elles plébiscitent. Elles prennent des kilos de fringues. Une nuée de sauterelles qui déciment les portants. Leurs bras servent de bassines. Elles ont les vêtements qu'elles ont choisis et ceux des copines, dont elles essaieront le contenu dans un second temps. Ça multiplie les possibilités et les combinaisons par quatre, par cinq. Elles s'installent dans les cabines comme elles le feraient dans la chambre de l'une d'entre elles. Les filles ont l'après-midi. La vendeuse n'a pas intérêt à les empêcher de quoi que ce soit, elles récusent les interdits, leur liberté est inconditionnelle.

Elles sont un tourbillon, une tempête, leur force cloue les autres clientes au fond de leurs cabines, qui n'osent plus sortir ni se montrer. Elles ont toutes les audaces et toutes les impudeurs. Elles jettent leurs jeunes corps aux regards avides, leurs bouches bavardes, leurs yeux cernés de noir, leurs bijoux nombreux et brillants. Il n'y a pas un trou à leurs oreilles, mais trois. Il n'y a pas une bague à leurs doigts, mais huit. Il n'y a pas un collier autour de leur cou, mais une dizaine. Leurs bracelets tintinnabulent, leurs chewing-gums explosent, leurs voix éclatent, leurs rires agressent, leurs allées et venues incommodent. Elles occupent tout le couloir, elles prennent de la place, produisent du son, suscitent de l'attention, qu'on n'aurait pas intérêt à leur refuser, maintenant et plus tard.

Puis elles investissent les cabines. Elles se répartissent dans plusieurs îlots déserts ou désertés. On dirait un vol d'étourneaux qui fondent sur un cerisier, becs ouverts, ailes déployées, appétits insatiables. Elles se posent sur chaque branche disponible, piaillant, s'ébrouant, picorant. Il y aura des dégâts.

Elles sortent des cabines toutes en même temps, font des mines et des poses invraisemblables devant la glace ou les unes face aux autres, jouant le rôle de miroirs et de validations. Un homme, assis là sans qu'il sache vraiment pourquoi, ne sait plus où donner de la tête. Il est entouré d'un essaim de jeunes guêpes qui l'agressent et le piègent. Piqué par leur beauté, étourdi par leurs mots crus, craintif devant leur pouvoir démesuré parce que inconscient. Elles dégagent tant d'énergie, de pulsion de vie, d'appétit, qu'il doit maîtriser sa respiration et se concentrer sur celle pour laquelle il est venu et qui s'éternise dans sa cabine.

— Ce jean te fait un cul, Louna !

Il s'empêche de regarder ce cul.

— Moi je trouve qu'il est trop large. Et puis avec le haut ça va pas. Trop *big* aussi. On ne sait même plus que j'ai des seins !

Il s'empêche de regarder les seins.

— Non, mais avec un jean pareil, limite, t'y vas seulement en brassière ou en soutif.

Il ferme carrément les yeux.

Elles repartent, chacune dans son perchoir, à l'assaut d'autres tenues.

Elles ne sont pas discrètes, parlent fort, aiment qu'on se retourne sur leurs personnes, qu'on les remarque. Il s'agit d'exister avant tout, d'exister à tout prix. Dans la lumière et dans le bruit, faisant glisser les rideaux avec force et détermination. Elles ne se terrent pas dans leurs cabines, se demandant si vraiment elles peuvent sortir avec ce vêtement trop petit. Elles peuvent tout. Certaines n'ont pas le temps ni la vigilance de refermer totalement le rideau, et on peut les apercevoir ôter un pantalon qu'elles jettent dans un coin, attraper un autre modèle en se penchant, cul en l'air sous des culottes anecdotiques, ajourées et colorées. Elles n'ont que faire de la pudeur, du camouflage, de l'embarras et déploient leurs bras, leurs seins, leurs jambes, les donnent à voir et à contempler.

Elles ressortent, se prennent en photo et envoient à d'autres, restées à la maison, punies et indisponibles, leurs trouvailles. Elles attendent l'approbation extérieure qui tombe dans la seconde.

— Non, mais ! je rêve ! Nora vient de me dire qu'elle a déjà acheté ce top et qu'elle le met ce soir ! Non, mais ! la *no life* !

Elles s'irritent de tout, montent dans les tours au moindre faux pas, s'indignent au premier mot, s'irritent d'un silence ou d'un enthousiasme trop mesuré. Elles forment un bloc, un mur infranchissable. On ne peut ni les briser ni les enfreindre. Elles sont inséparables. Elles ne connaissent pas la politesse. Elles ne laissent personne passer, ne se replient pas sur les trottoirs, ne s'écartent pas, elles ne laissent rien passer tout court.

Elles parlent mal, elles rient fort, elles mâchent la bouche ouverte, elles bousculent, elles se moquent des bonnes manières. Elles se situent par-delà les convenances, les récusent de toutes leurs forces. Finie la morale bourgeoise, celle de leurs parents, qui ne comprennent rien, ne voient rien, se compromettent et s'endorment. Elles sont réveillées, conscientes, absolues, rapaces. Elles ne céderont sur rien. Elles ne se laisseront pas faire. Elles sont fières et parlent fort, comme les slogans collés sur les murs de la ville. Elles ne deviendront pas comme toutes celles qui recherchent ici une tenue neutre et invisibilisante avec des gestes mesurés et des mots feutrés, préférant gueuler leurs goûts et leurs différences. Elles ne se résigneront pas.

Il faudrait les empêcher de passer d'une cabine à l'autre, d'aller montrer à Mina ce top génial et demander qu'elle lui passe le jean qui irait tellement bien avec.

Elles choisissent ce qui comporte le moins de tissu possible, ce qui couvre le minimum de surface corporelle. Elles se moquent absolument d'avoir froid. Les saisons, les températures extérieures, la pluie et le vent sont des éléments qui n'entrent jamais en ligne de compte dans leur décision d'achat. Les contraintes ne les concernent pas.

Un bras nu sort de la cabine. Il tend un vêtement à qui vient le chercher. Ce bras nu renvoie à une épaule nue, à un torse nu ; il, toujours là, toujours patientant, toujours incongru, s'empêche de remonter davantage la chaîne des causalités. Mais qu'est-il donc venu faire dans cette galère ?

— T'as vu, là, le mec trop chelou ?

Il entend, puisqu'elles ne se préoccupent pas d'être discrètes.

— Ouais, qu'est-ce qu'il fout là ? Genre à l'aise, quoi !

À l'aise, certainement pas ! Et il se pose exactement la même question.

— Ben il mate ! C'est un pervers, c'est tout !

Mais ce n'est pas possible ! Jamais il n'a pensé un jour se retrouver dans cette situation ! Il a envie de hurler qu'il est un type bien ! Qu'il accompagne sa copine, qu'elle le lui a demandé. Elle ne peut pas montrer le bout de son nez, elle, au moins ! Ça l'aiderait là, ça le sortirait du traquenard !

— Ouais, t'as vu le *manspreading*, genre !

C'est quoi, ce truc ? Qu'est-ce qu'il a fait encore ?

— Ça, c'est sûr, il est à l'aise. Tu vas voir, je vais lui mettre la honte direct.

Une nymphe sort de la cabine, à peine vêtue, culotte et brassière, et se plante devant lui.

— Salut !

Il déglutit. Et s'en veut aussitôt. Ça fait vraiment pervers, pour le coup. Il est rouge écarlate, ses mains sont moites, la transpiration descend dans son dos, ils ont coupé la clim ou quoi, il baisse les yeux et regarde ses chaussures.

— Vous répondez pas quand on vous dit bonjour ? attaque la fille.

— Si, si, murmure-t-il. Bonjour, mademoiselle. Bonjour, mesdemoiselles.

Elles sont maintenant plusieurs autour de lui, menaçantes.

— Vous faites quoi là ?

— Je…

— Quoi, on n'a pas bien entendu !

— Je… j'attends… bégaie-t-il.

— T'attends quoi ? Le déluge ?

Il ne sait plus quoi répondre. Il se recroqueville comme un bulot, il s'enroule sur lui-même, la tête entre les bras, se protégeant des coups verbaux.

— T'as vu comme je l'ai niqué !

— Grave. Trop forte, Léna

Elles retournent dans leur cabine, fières d'avoir mouché l'indélicat, neutralisé le voyeur, montré leur toupet et leur courage. Elles ne vont pas se laisser faire dans la vie, il faut que cela se sache. Elles ne lâcheront rien, jamais, et ne feront aucun compromis. Gare à ceux qui se mettront en travers de leur route.

Elles mettent de la musique. Leurs téléphones crachotent une chanson à la mode qu'elles reprennent toutes avec plus ou moins de talent, de cabine en cabine, comme un karaoké collectif et aveugle. Du bout sort une voix plus forte. Celle qui a osé s'en prendre au mec chelou. Et qui savoure sa victoire bruyamment.

Elles décident d'un conciliabule dans le couloir. Elles ramènent et se montrent les pièces qu'elles voudraient acquérir. Elles comptent. Leurs petits budgets ne permettent pas de grandes folies. C'est pour elles que sont inventés les prix absurdes de 4,99 et autres 7,95. Elles additionnent, arbitrent en fonction. Soudain l'une crie : Laissez tomber, j'ai la carte ! Son annonce est accueillie avec des cris de joie, des embrassades, des petits sauts. Eva régale, ou plutôt la maman d'Eva, et on peut prendre ce haut à 6,99 au lieu de l'autre qui était moins cher. Eva se fera un peu engueuler, mais bon, ça passe.

Elles sont ensemble et rien ne leur résistera.

Elles rient, elles se moquent. Personne n'a grâce à leurs yeux. Les vieilles, les fatiguées, les grosses, les froissées sont anéanties, flinguées à bout portant. La « bourgeoise » qui a osé sortir de sa cabine, traverser leur groupe pour aller se regarder dans le miroir, elles la montrent du doigt et se plient en deux. L'indignée retourne à la niche en pestant. Leur nombre vaut tous les arguments. Elles n'ont que faire du savoir-vivre, elles vivent sans le savoir, pleinement, et agissent, réagissent dans une immédiateté qu'elles perdront. Elles mordent, de peur d'être mordues. Mais sont si fragiles au fond.

Une vieille dame apparaît. Elle se faufile avec grâce dans la jeune meute intolérante, elle sourit à toutes, elle ne se sent pas menacée, sa jeunesse et ses frasques sont derrière elle. Elle ne se place plus sur la même ligne de départ. La compétition n'est plus d'actualité. Elle s'autorise la douceur et la bienveillance envers son sexe. Elle admire la jeunesse sans l'envier.

— C'est très joli ce que vous portez là, mademoiselle, murmure-t-elle au passage, alors qu'elle se rend lentement vers le miroir.

La meute s'arrête, la meute s'étonne.

La petite phrase ne provoque pas les ricanements habituels. On entend même un « merci, madame » en réponse. Elles sont rebelles, mais les résidus d'une éducation lointaine et refusée remontent de temps à autre à la surface.

La vieille dame s'approche de la glace. Elle se regarde de face, de dos, un profil, puis l'autre, en pliant un peu la jambe du devant, comme les pin-up d'un autre temps.

— Par contre, si je peux me permettre…

Léna s'est approchée derrière elle. Elle n'a plus la gouaille qu'elle montrait face à l'homme inopportun. Elle murmure presque.

— Mais permettez-vous, permettez-vous, jeune fille, je vous en prie, je suis en manque d'avis extérieurs.

— Bah voilà, ça vous va pas du tout ! C'est triste comme une chanson de Lomepal. C'est pour aller à un enterrement ?

La vieille dame pourrait s'offusquer. C'est vrai qu'à son âge, on a déjà un pied dans la tombe et que les amis disparaissent peu à peu, happés par le néant. Mais elle choisit d'en rire. Les funérailles sont légion, tous les deux mois environ, et cette tenue pourrait en effet tout à fait convenir.

— Non, pas du tout, mademoiselle, je n'ai pas de cérémonie de la sorte prévue pour le moment. Bien qu'en général, la mort ne prévient pas de sa visite. Non, je recherche plutôt une tenue élégante et confortable pour aucune occasion en particulier. Pour me sentir bien, moi !

— Ah voilà ! Ça c'est bien ! Mais il vous faut de la couleur, quand même ! Faut qu'on vous voie ! Vous avez du style !

— C'est très gentil ! Je vais chercher autre chose alors, de plus gai. Merci mille fois, mesdemoiselles !

Elle s'en va, avec la même lenteur, à la recherche de plus de gaité.

La nuée reprend son activité. Elles finissent par entrer toutes dans la même cabine, et jettent d'un côté ce qui pourrait convenir et de l'autre ce qui ne va pas du tout, méprisant les consignes, le repassage, l'hygiène, tout. Elles redistribuent les pièces qui ont résisté à ce premier tri et repartent chacune vers de nouveaux essayages. Un bref moment de quiétude s'installe. Rompu par des chuchotements bruyants.

— Mais je te jure que je l'ai vue là, c'est Rousseau !

— Mais arrête, Rousseau elle s'habille pas chez Zara !

— Mais je t'assure, putain ! Je viens de la voir rentrer !

— OK, quelle cabine ?

— Là !

— Ben on attend, elle va ressortir, c'est obligé !

Elles finissent par s'aligner devant la cabine et fixent le rideau qu'aucun mouvement ne trouble. L'une se baisse pour vérifier qu'il y a bien une paire de jambes à l'intérieur. Elle ne voit rien. Soudain Léna arrive en hurlant :

— Mais j'ai trouvé le top parfait ! Non, mais, regardez ! On a failli passer à côté, la *loose* !

Elles se tournent d'un seul élan, dans une coordination parfaite, avec une synchronisation merveilleuse, vers ce nouvel objet de désir : un haut à paillettes noir ! Leur amour du mouvement, leur incapacité à rester concentrées plus d'une minute sur quelque chose sauvent la possible enseignante qui se terre là comme une souris effrayée que dix pattes félines voudraient saisir. Ce ne sera pas pour cette fois.

D'un coup, à un signal invisible et connu d'elles seules, elles sortent, les bras remplis, abandonnant là des monceaux de vêtements qui n'ont pas eu l'heur de leur plaire. Elles ont enfin fait leur choix.

— Mesdemoiselles, s'il vous plaît ! Vous me ramenez les vêtements que vous ne voulez pas, crie la vendeuse.

Elles sont déjà loin.

Mais alors que la horde approche de la caisse, l'une d'elles décroche une tunique vert anis et fait demi-tour.

— Attendez, je reviens ! C'est pour la vieille, lance-t-elle. Ça lui ira bien !

Elle ne l'a pas oubliée.

2
Chemisier beige

— Vous pouvez leur dire de se calmer un peu là ? On ne s'entend plus, ce n'est pas possible !

Comme si mon travail était de faire respecter le silence ! Alors écoutez, ma chère madame, qui devriez renoncer à ce pantalon de tailleur qui vous boudine et à ce chemisier beige qui ne va à personne, puisqu'il est beige, j'ai déjà assez à faire avec le reste pour ne pas être en plus la police des décibels. Vous voyez, moi je compte vos articles, je vous donne un carton avec leur nombre, pas plus de cinq s'il vous plaît, je vous conduis à une cabine, j'attends, enfin non, je m'active, je remets sur cintre, sur portants, et après je les replace en rayon pour que vous puissiez les reprendre et les réessayer, comme par magie. Je vais même vous chercher une autre taille pour votre chemisier beigeasse trop petit dans lequel vous vous entêtez à rentrer (c'est rarement trop grand, c'est fait exprès). Je suis l'elfe du magasin, invisible et efficace, efficace parce que invisible. Vous aimez qu'il y ait toutes les tailles de tous les modèles en rayon, vous pouvez me remercier si c'est le cas. Et si tout cela vous fait envie, car les imprimés s'accordent, les couleurs se complètent, les camaïeux s'appellent, c'est également grâce à mes petites mains agiles. Ne me remerciez pas, c'est compris dans le prix. Mais pour tout ça, je veux bien quelques égards, un ton doux, un sourire, pourquoi pas.

Je vous range – oui, je classe les clientes selon une typologie bien à moi – dans la catégorie des humiliées-dans-la-vraie-vie, par un chef, un mari, une mère, qu'importe, et qui exercent sur moi leur petit pouvoir éphémère pour se prouver qu'elles valent encore quelque chose. Vous êtes nombreuses. Mais j'ai la peau dure. Et vous vous dégonflez parfois de vous-mêmes quand on vous appelle au téléphone et que vous répondez d'un ton craintif qui vous ôte toute superbe, « oui, oui, j'arrive tout de suite ! ». Vous filez alors, laissant tout en plan, votre armure s'est fendue, votre couverture ne tient plus. Vous êtes démasquées. Vos copines sont les passives-agressives, redoutables modèles sur lesquels je continue à buter. « Qu'en pensez-vous, mademoiselle ? Vous avez bien un avis ? » Ça commence bien, on prend confiance, et ça tacle. La caresse, et la petite baffe dans la nuque. Ou : « Mademoiselle, s'il vous plaît ? À moins que je ne vous dérange et que vous ayez mieux à faire… » Heureusement, vous êtes compensées par les touchantes qui-hésitent-et-qui-veulent-ce-que-veulent-les-autres tant elles nagent dans le manque de confiance. Qui rivalisent avec les mon-corps-n'est-pas-plus-ce-qu'il-était-il-faut-le-cacher. De celles-là, je fais bien mon affaire.

Je me baisse et je ramasse tout le barda, comme un immense feu de joie préparé et assemblé que les furies n'ont pas fait brûler. Et maintenant je dois tout défroisser avec la machine, remettre sur cintre, elles m'ont laissé une pagaille énorme. Des monceaux de fringues à remettre en état puis dans le circuit de vente. Elles sont jeunes, arrogantes, elles ne pensent pas qu'un jour elles pourraient finir comme moi. Elles dégainent le mot « respect » en toute occasion, il n'a aucune réalité dans les faits.

Quand j'ai commencé, ce type de comportements me mettait hors de moi. J'allais les chercher par la peau du cou, ces ados négligentes, pour leur coller le nez dans la merde qu'elles avaient laissée. Avec des petites phrases moralisatrices du type : « Vous croyez que ça va se ranger tout seul ? », « Vous me prenez pour la boniche ? » Et puis je me suis fait recadrer. Oui, en fait, tu es la boniche. Tu ramasses, tu ranges, tu te tais. C'est ce que j'ai fait. J'ai besoin de mon salaire.

Je suis là depuis huit mois maintenant. Un job étudiant, qui se prolonge. Les parents ne pouvaient pas payer tous les frais. Ils ne le voulaient pas, plutôt. Je leur coûte cher. Dans tous les sens du terme. Je vois bien que ça leur pèse de se trimballer une fille comme moi. Ils ne peuvent s'enorgueillir ni de ma réussite ni de mon ambition. « Oh, Juliette, tu sais… » disent-ils. Tu sais quoi ? Que je suis une simple vendeuse, que je ne sais pas où je vais, qu'il n'y a rien à raconter sur moi, et ce depuis que je suis toute petite. Un bébé sage, une enfant obéissante, une ado tranquille, une étudiante qui étudie on ne sait pas trop bien quoi. Un être sans projet, sans envergure. Une fille simple.

Au début, ici, tout était nouveau, palpitant, riant. Quand j'ai déposé mon CV vide de toute expérience, hormis quelques baby-sittings dispersés pour les petits-enfants des copines de ma mère (elles ont des filles qui réussissent des choses, elles, comme des enfants), j'étais certaine qu'ils ne me rappelleraient jamais. Faut croire qu'ils avaient besoin de monde. Et puis il y avait la formation pour tout m'apprendre.

Je vais chercher le défroisseur dans la dernière cabine, celle où l'on entrepose le matériel, les bombes de déodorant, les cintres, tout… C'est une sorte d'aspirateur inversé qu'on charge sur son dos et qui envoie de la vapeur sur les vêtements. J'ai l'impression d'être une apicultrice qui enfume ses ruches. Ou un jardinier qui traite ses arbres. Mais non. J'enlève des plis. Et je remets en rayon. Pas de miel. Pas de fruits.

Un vêtement non choisi et jeté au sol en une seconde, c'est une minute de travail pour moi. Et encore, je vais vite. J'ai appris à être rapide. J'ai été forcée de l'être.

Je transpire. Oui, moi aussi j'ai un corps, avec ses frissons et ses coups de chaleur dus à la vapeur du défroisseur et à l'absence de climatisation dans ces cabines. Elle n'est pas « cassée », comme je le prétends à celles qui me demandent pourquoi on étouffe. Non, on ne l'allume pas, tout simplement. Pour que vous ne restiez pas trop longtemps, que vos essayages soient rapides, que vous passiez vite à la caisse. Sachez que rien n'est laissé au hasard. Même la température de ces lieux.

La dame est toujours là. Elle n'arrive pas à se décider, ni pour ce pantalon, ni pour ce chemisier, ni pour cette jupe qu'elle essaie maintenant. Elle en aurait d'autres à revêtir, ce serait la même histoire. Je le sais à la façon dont elle se regarde dans le miroir, avec déception, voire avec dégoût. Elle n'a aucune indulgence pour son reflet. Ce ne sont pas tant les vêtements qui lui déplaisent, qu'elle-même. Elle rejette son corps tout entier, qu'il revête robe ou pantalon. Et chaque fois qu'elle passe à une nouvelle tenue et l'aperçoit dans toute sa vérité, simplement couvert d'un soutien-gorge et d'une culotte, elle le désapprouve davantage. Elle me jette un œil furieux avant de retourner se maudire dans sa petite alvéole. Je ne la juge pas, je la plains plutôt. Elle s'aime si peu, elle se défoule sur la première personne qui passe, c'est-à-dire moi ! On dit que le client est roi. Cela lui donne le droit de nous traiter plus bas que terre, de nous mépriser. Et la plupart du temps, il le prend.

Les cabines me font penser à des cellules de prison que je surveille, non par un œilleton, mais par l'interstice vacant entre le mur et le rideau. Vous ne le savez pas non plus, mais les rideaux sont trop petits par rapport à l'ouverture des cabines. Il faudrait le double de toilage pour qu'ils ferment correctement et plissent harmonieusement. Mais non. Ils font à peine la largeur de la cabine. C'est pour que je puisse voir ce qui s'y passe sans que vous le deviniez. Je fais des rondes, comme un gardien. Je passe et je repasse, l'air de rien, prétendant vérifier la disponibilité et la propreté d'une cabine. Mais il n'en est rien. Je zieute par les interstices pour savoir si vous vous comportez bien.

J'en ai surpris deux, une fois, en train de baiser debout. Les cabines sont des lieux de fantasme. On est un peu caché, mais pas tellement. On peut être entendu, surpris, tout en étant partiellement invisible. Un simple morceau de tissu vous sépare du reste des mortels. C'est excitant, apparemment, et cela décuple le plaisir. Alors je les ai laissés faire. Je sais, je n'en ai pas le droit. Mais ma liberté réside dans ce petit espace, dans le fait de ne pas dénoncer les écarts de conduite, de ne pas signaler les transgressions, de laisser les jeunes filles de tout à l'heure aller et venir sans intervenir. Je suis si surveillée : mon rendement, ma prise de poste à l'heure fixée, mon sac fouillé tous les soirs. Alors quand je peux enfreindre les règles, je ne m'en prive pas.

Je range l'appareil bouillant. Devant moi s'étend à nouveau la lente procession des désirs humains, le long serpent des insatisfaites, le chœur de celles qui espèrent encore qu'un vêtement changera leur vie. Elles arrivent par vagues, aux mêmes heures, se disant en même temps que ce sera le moment où il y aura moins de monde. Elles sont synchronisées dans leur ruse. Elles échouent toutes simultanément.

Ce sont elles, finalement, qu'il faudrait défroisser.

— Personne suivante, s'il vous plaît.

3
Pantalon taille élastique

— C'est très joli ce que vous portez là, mademoiselle, murmure-t-elle au passage de la horde bruyante et envahissante.

Il faut complimenter les jeunes filles, les encourager dans leur recherche d'elles-mêmes, c'est si difficile de s'apprécier telle que l'on est. Le travail de toute une vie, peut-être. Qui se réalise très tardivement, bien trop tardivement. Elle a l'impression qu'on ne s'aime qu'à contretemps, que l'estime de soi est un anachronisme. Elle entend un « merci, madame » en réponse. Pas très fort, pas très articulé, mais audible tout de même, même par de très vieilles oreilles. D'ailleurs, tout à l'heure, elle a cru percevoir de la musique. Sans doute une illusion auditive. Elle y est souvent sujette ces derniers temps, il faudra qu'elle fasse attention…

Elle s'approche du miroir qui est situé à l'extérieur des cabines. Elle préfère quand il est placé à l'intérieur. Elle n'aime plus trop se montrer. À son âge, on se cache, c'est une question de décence. Elle n'a plus vingt ans comme ces jeunes filles. Tiens, si elle calcule, elle doit avoir presque quatre fois vingt ans. Mon Dieu ! Tout cela est passé si vite !

— Par contre, si je peux me permettre…

La jeune fille a fait demi-tour et lui tape sur l'épaule.

— Permettez-vous, permettez-vous, je vous en prie, je suis en manque d'avis extérieurs.

— Bah, voilà, ça vous va pas du tout ! C'est triste comme une chanson de Lomepal. C'est pour aller à un enterrement ?

Comment sait-elle ? Le deuil se voit-il à ce point sur son visage et sa silhouette ? Non, sois rationnelle, Yvonne, cette petite ne peut rien deviner. Elle suppose, c'est tout. Tu es vieille, toi et tes proches pouvez en effet désormais disparaître à tout moment.

— Léna, tu fais quoi, là ? Ramène-toi !

— Ça va, là, tu me saoules ! Tu peux rien faire sans moi ou quoi ! J'arrive ! Donc oui, reprend-elle plus doucement, vous allez à un enterrement ?

— Non, pas du tout, mademoiselle, je n'ai pas de cérémonie de la sorte prévue pour le moment, répond-elle en souriant. Bien qu'en général, la mort ne prévient pas de sa visite. Non, je recherche plutôt une tenue élégante et confortable pour aucune occasion en particulier. Pour me sentir bien, moi !

— Ah, voilà ! Ça c'est bien ! Mais il vous faut de la couleur, quand même ! Faut qu'on vous voie ! Vous avez du style !

— C'est très gentil ! Je vais chercher autre chose alors, de plus gai. Merci mille fois, mademoiselle !

Cette jeune fille n'a pas tort. Elle ne s'habille plus qu'en noir. Comme les veuves d'autrefois. Elle se punit. D'être encore en vie alors qu'ils s'étaient promis qu'ils ne survivraient pas l'un à l'autre. Or il a disparu depuis plus d'un an maintenant. Et elle est toujours là. Elle a pourtant tout essayé : elle ne mangeait plus, elle ne dormait plus. Mais la vie tenait encore à elle, comme un parasite, un champignon sur un tronc, une excroissance irréductible. Elle avait repris des forces petit à petit, et quelques habitudes étaient revenues : la promenade matinale, les courses au marché, le cinéma le mercredi. Elle jetait toujours un regard à sa droite, mettait deux couverts, laissait un fauteuil vide à côté d'elle, s'écartait des murs pour que le fantôme qu'elle promenait en permanence avec elle puisse trouver sa place et n'ait pas à s'écorcher sur le crépi ou à se cogner aux meubles. C'est fragile un fantôme, il ne faut pas croire.

Mais peu à peu, elle s'était résignée à l'absence. Elle continuait à lui parler, à lui demander son avis, parfois son autorisation. Mais elle se rendait bien compte, quand on la prenait sur le fait, qu'elle avait l'air d'une vieille folle et les vieilles folles, on les enfermait. Désormais, elle vérifiait bien l'environnement avant de se lancer dans un petit dialogue avec son cher et tendre, et réservait les conversations longues à la solitude de son lit et au silence de la nuit.

Elle observe cette jeunesse folle qui butine de cabine en cabine. Elles portent court. C'est la même mode que quand elle était jeune ! Oui, oui ! Elle avait des jupes coupe trapèze, à la Courrèges ! On n'imagine pas, hein, qu'elle mettait ce genre de choses ! Et pourtant si ! Et Alexandre aimait bien. Ça oui ! Elle rit discrètement. C'était le bon temps !

Il n'était pourtant pas très attentif à ses tenues. Il lui demandait souvent : « Ah, mais c'est nouveau cette robe ! », alors que c'était une vieillerie qu'elle avait ressortie de l'armoire après des mois d'hibernation. Elle ne lui en voulait pas. L'important était qu'il la trouvait jolie. Car c'était bien pour lui qu'elle s'habillait. Pour accrocher son regard et y déceler une forme d'admiration toujours intacte et de désir permanent. Pour quelle autre raison aurait-elle dû faire des efforts de toilette ?

Il n'était de toute façon pas très habile pour les compliments. Le plus souvent, il sifflait quand elle arrivait devant lui. Ce n'était pourtant pas le genre d'homme à le faire. Elle n'en était que plus émue. Et quand il s'essayait aux mots plutôt qu'à l'émission d'air, elle obtenait : « Ah bah ! dis donc, ah bah ! mazette ! » Voilà ! Ce n'était jamais précis ; cette jupe te fait de belles jambes, ce décolleté de belles épaules, ou même une belle poitrine, non, il exprimait une admiration diffuse, un éblouissement bègue. Mazette. C'est un mot que plus personne n'utilise, non ?

Elle est restée devant sa cabine. Des femmes entrent et sortent, dans des tenues différentes. Cette abondance de vêtements… Elle ne sait que choisir. Elle est un peu perdue. Dans la vie, en général. Et dans la mode encore plus. Il y a tant de choses disponibles aujourd'hui.

Elle se souvient de tout. De la robe jaune qu'elle portait au baptême de Jacques. De celle, fleurie, qu'elle avait achetée pour son premier rendez-vous avec Alexandre. Elle l'avait fait reprendre chez la couturière et avait craint qu'elle ne soit pas finie à temps. Elle avait des petits boutons en forme de fraises. Et puis cette autre, bleu marine, avec le col blanc, la première fois qu'elle avait rencontré ses parents à lui. Elle voulait faire bonne impression. Sa vie est une succession de robes, de tailleurs, de chemisiers, de jupes. Elles sont rangées chronologiquement dans une armoire. Quand elle ouvre les deux portes, elle peut y voir un condensé de son existence, les femmes successives qu'elle a été, des êtres évanescents qui pourraient se mettre en mouvement et quitter leur prison de chêne pour raconter chaque événement, les chaussures sont juste au-dessous de chaque tenue pour leur permettre de marcher.

Elle entre dans sa cabine en se battant un peu avec le rideau qui ne glisse pas tout seul sur la tringle.

Les cabines d'essayage lui font penser aux cabines de son enfance. On les tirait à cheval jusque dans la mer depuis les plages de la mer du Nord en Belgique. Elle a bien conscience qu'elle évoque un temps révolu, pire, une époque dont il ne reste absolument rien. Quelque chose qu'on pourrait lire dans un roman de Proust, voir dans une adaptation d'une nouvelle de Maupassant pour le film du vendredi soir en famille. Ça aussi, d'ailleurs, ça ne se fait plus du tout, le film du vendredi soir. Maintenant tout est en permanence accessible sur sa télévision en replay, sa petite-fille lui a montré.

Elle ferme le rideau. Son geste n'est plus ample. Elle devient raide. Elle a peur de se blesser, de faire un faux mouvement, de perdre l'équilibre, de tomber. L'autre jour, elle s'est effondrée dans la rue comme un sac de pommes et s'est répandue sur la chaussée. Elle n'avait pas vu la marche du trottoir. Elle a chu, de tout son long, elle n'a même pas sorti les mains pour protéger son visage. Aucun réflexe. C'est cela qui l'a le plus inquiétée. Son corps n'envoyait plus à son cerveau des commandes immédiates de gestes de protection. Il assistait, passif, à sa propre défaillance. Les bleus sous les yeux, comme des coquards de boxeuse, ont mis longtemps à disparaître. Elle a porté des lunettes de soleil. Ça faisait un peu star. Elle a évité sa fille et son regard inquisiteur pendant quelques jours, prétextant une maladie digestive. C'est assez imparable. Ça la dégoûte. Puis elle a mis du fond de teint. Elle a eu le droit à un : « Eh bien, tu as eu la main lourde sur le maquillage, dis donc ! » Elle a fait sa moue gênée. Sa petite-fille l'a défendue : « Tu peux pas la lâcher un peu, elle se maquille comme elle veut mamie, merde ! » Elle l'aime bien cette petite, même si elle est un peu dure avec sa mère. Maintenant, les traces de sa chute ont disparu, mais elle garde une certaine méfiance vis-à-vis de ce corps qui l'a trahie. Elle doit y prendre garde – il ne répond plus du tac au tac – et mesurer à présent que ce qui la protège de la dureté du monde, d'un trottoir, d'une rue asphaltée, est une fine couche de peau qui s'amenuise chaque jour davantage, puisqu'elle y voit des veines et des tendons bien cachés autrefois dans les chairs. Ce petit tissu si fin est une barrière bien fragile, on est loin de la carapace du crabe qu'il faut casser avec de grosses pinces au réveillon. On la touche à la surface, on l'atteint en profondeur. Elle doit faire très attention.

Elle regarde sa peau. Elle pense à la surface de la mer, quand la brise continue la fait frémir. Sa peau ondoie, vaguelette, frissonne sans frissons. Elle était ferme, lisse et étale autrefois.

Aujourd'hui, tout est derrière. Derrière ses oreilles la peau se plisse, derrière ses bras ça flagelle, derrière ses genoux ça plisse. Son corps est souvenir : ce qu'elle pouvait faire, sa souplesse, sa rapidité, sa taille, sa chevelure drue, sa peau tendue, sa vue de rapace, sa minceur, la liste est si longue. Elle vit dans la nostalgie de ce qu'elle fut : autrefois les hommes la hélaient dans la rue, et elle n'aimait pas cela, autrefois elle faisait des services-volées, et finissait le point immédiatement, autrefois elle l'atteignait, cette note lointaine au piano, autrefois elle mangeait un pavé de rumsteak le soir, et le digérait, autrefois elle sortait sans écharpe en hiver, et n'attrapait pas de rhume, autrefois elle lisait des livres sans lunettes, autrefois elle dansait jusqu'au milieu de la nuit, autrefois elle dansait. Le fantôme d'elle jeune la précède partout, comme un double malveillant qui lui propose et lui souffle des souvenirs précis pour qu'elle prenne conscience de ce qu'elle a perdu.

Il faut qu'elle se ressaisisse, qu'elle arrête de pleurnicher et se regarder le nombril, comme ça, allez, Yvonne, action !

Alexandre n'aimerait pas que tu te morfondes ainsi ! Essaie donc de la couleur, en avant ! Ôte tout ce noir de veuve comme le lui a suggéré la jeune fille !

Elle regarde son visage. Elle reconnaît ses yeux, inchangés, mais tout autour, c'est la dégringolade, comme si la cire fondait peu à peu, comme Étretat qui perdrait des blocs de pierre, comme un surplus de peinture qui dégoulinerait sur le mur. Elle constate cet anachronisme permanent des femmes avec leur corps : elles le condamnent à chaque vision, puis, quelques années plus tard, en voyant les photographies, elles reconnaissent qu'à l'époque, elles n'étaient pas si mal. Yvonne pense que si elle atteint les quatre-vingt-dix ans, elle trouverait cette vieillarde de dix ans de moins tout à fait admirable.

Le déshabillage s'avère compliqué. Elle est moins souple qu'avant. Les bras sont comme prisonniers du tissu. Elle se bat avec lui. Elle gagne. Et se retrouve en sous-vêtements. Elle perd.

Elle avait une taille plus fine. Et elle était plus grande, aussi. Elle se tasse. Elle rétrécit. C'est logique. À la fin, il faudra rentrer dans une boîte. Comme une petite poupée. Cela ne lui fait pas peur. Cela ne l'attire pas non plus. Il y a tout de même une tonne de choses à faire avant de demeurer immobile pour l'éternité.

Elle s'examine. Son corps est son histoire, parchemin sur lequel sont écrits tous les événements de sa vie. Cette cicatrice, là, sur le bras ? Sa chienne, Follette, qui l'avait mordue le jour de ses huit ans. Ces dépressions dans les tibias ? Elle avait arrêté la luge qui filait à toute allure sur laquelle était embarqué son fils Jacques. Elle s'était mise en travers de la piste pour amoindrir le danger avec les deux os de ses jambes. Cette ligne blanche au mollet ? En voyage de noces dans le Jura, avec Alexandre, elle avait voulu passer sous une clôture pour courir dans les champs, et s'était accrochée à un barbelé. Cette estafilade sur le doigt ? Le baptême d'Étienne. Son mari avait invité sans lui en avoir parlé des collègues de travail, le dessert se révélant trop frugal, elle s'était attaquée à un ananas, qui avait gagné ; le couteau s'était planté dans son doigt, et sa robe en soie en avait pâti. Ces articulations plus larges aux troisième et quatrième doigts de la main gauche ? Son passé de volleyeuse. À l'époque, elles n'étaient pas bien nombreuses. Et il avait fallu convaincre ses parents de lui permettre de participer aux matchs en short. Elle était douée. Elle ne lâchait rien. Et montait au contre sans frayeur. Parfois, le ballon retournait ses doigts. Cette dartre assoiffée qu'aucune crème n'hydrate ? Le Covid. Et ce petit trou sur le front ? La varicelle. Elle l'avait eu très forte. Sa mère ne savait plus quoi faire. La fièvre montait, montait… Et elle racontait n'importe quoi, les yeux brillants et vides à la fois. Sa mère avait fini par se jeter dans une baignoire d'eau glacée avec elle. Ce magma de peau trouble sur le coup de pied ? Une casserole d'eau bouillante qui avait atterri là par mégarde, un jour qu'Étienne s'était faufilé entre ses jambes.

Son corps est son histoire. Chaque parcelle de peau est un fil qui la conduit à un événement précis qui, par là, devient inoubliable. Elle redoute le temps où ces traces ne feront plus signe parce qu'elle aura perdu la mémoire, où elle n'identifiera plus tous ces petits défauts qui constituent son être et son déploiement dans le temps.

Elle regarde finalement son corps avec reconnaissance. Grâce à lui, elle a pu vivre tout cela. Pour un peu, elle l'embrasserait. Mais attention, on peut la voir dans la fente, le rideau est trop étroit, elle l'a tout de suite remarqué. Elle en a tant fabriqué, des paires de rideaux, que le moindre défaut lui saute aux yeux. Il faut pratiquement en quantité de tissu le double de la surface à couvrir, à cause des plis, n'importe quelle couturière sait cela !

Elle remet son chemisier en soie noire. Il faut qu'elle aille chercher d'autres articles. De la couleur. Écoutons la jeunesse. Elle sort.

L'homme est toujours là. La tête entre les mains. Son calvaire dure. Le pauvre, tout de même ! Alexandre ne serait jamais venu dans ce genre de magasin. Il ne se serait pas senti à sa place. À l'époque, l'aire féminine et l'aire masculine étaient étanches. Elle n'osait descendre au garage où il réparait sa voiture et bricolait, il ne pénétrait jamais dans sa pièce à couture où elle repassait, taillait, reprisait, ni dans sa cuisine, où elle lui préparait de bons petits plats. Aujourd'hui, les choses sont bien différentes. On peut circuler partout. Elle ne pense pas pourtant que cet homme soit bien à l'aise. Il se contorsionne beaucoup trop. Et il transpire abondamment.

C'est alors qu'une boule de feu surgit, la jeune fille de tout à l'heure, tenant à bout de bras un haut vert anis qu'elle lui colle entre les bras, sans un mot, d'un air décidé, avant de repartir en courant. Elle n'a même pas le temps de la remercier !

Au fond, les gens sont gentils. Cette jeune fille, quel joli geste ! Elle n'aurait pas osé cette couleur ! Mais elle a raison, c'est parfait ! Et le vert, c'est le renouveau, la résurrection ! Comme ces jeunes pousses sur les arbres, presque fluorescentes. Elle sera un bourgeon.

Elle est allée chez le coiffeur avant-hier. Elle avait envie de tout couper. Elle sait ce qu'on dit des femmes qui veulent changer de tête quand elles sont sur le point de changer de vie. Elle ne prétendrait pas le contraire.

La coiffeuse n'a fait aucun commentaire quand elle lui a annoncé son désir d'une coupe courte.

Sa fille, en revanche, ne s'est pas privée : « Mais maman, enfin ! Qu'est-ce que tu as fait à tes cheveux ? » Autrefois, c'était l'inverse. Sa fille faisait des expériences capillaires insensées, de teinture au henné rouge, de minivague moutonneuse, et c'était elle qui la grondait. Aujourd'hui, c'est elle qu'on réprimande comme une enfant. Elle n'en pouvait plus de ces queues-de-rat grises qui pendaient, fines et rares. Lorsqu'elle tenait toute sa chevelure réunie dans sa main, elle étreignait à peine une ficelle. Quand elle était petite, sa queue-de-cheval ou ses nattes avaient la consistance et la taille de cordes. Alors elle a préféré tout couper. Les mèches sont tombées de part et d'autre du fauteuil du coiffeur, comme des oripeaux de son passé, et une petite bouille est apparue dans le miroir.

Au départ, elle la trouvait un peu masculine. Ses préjugés sans doute. Une femme se doit d'avoir de longs cheveux. Sa vieillesse lui aurait fait renoncer à toute forme de féminité ? Elle aurait chu dans l'asexuation sénile ? Puis elle s'est frotté la tête, longuement, à l'arrière. Elle s'est sentie légère. Fini ce chignon torturé avec une base crêpée pour donner un peu de volume factice à l'ensemble.

Et bien, elle va faire exactement pareil avec ses vêtements : s'alléger, se simplifier les choses, se libérer des préjugés, s'éloigner des représentations du veuvage. Du pratique, du léger, du confortable, du coloré. Elle ne veut plus que des vêtements doudous qu'on enfile et dans lesquels on se sent immédiatement bien. Elle en a fini avec les tenues qui entravent, qui aplatissent le ventre, remontent la poitrine, empêchent de respirer. Elle ne veut plus se faire de mal. Elle va choisir du léger, du vaporeux, comme cette tunique verte.

Soudain, une tête sort d'une cabine, affolée. Elle regarde à gauche, elle regarde à droite, et retourne derrière le rideau. On dirait un spectacle de marionnettes. La vieille dame sourit. Elle pense au spectacle de Guignol à Lyon ; elle y emmenait les enfants quand ils étaient petits, ils hurlaient de concert pour prévenir Guignol d'un danger qu'il ne voyait jamais. Pour un peu, elle se mettrait à crier comme eux autrefois. En plus, la tête réapparaît. Mais c'est un spectacle, ma parole ! Néanmoins, le visage n'est pas riant, plutôt anxieux, creusé. Elle s'approche :

— Vous avez perdu quelque chose ?

— Haaaaa ! hurle la femme.

— Désolée, je vous ai fait peur. Vous avez perdu quelque chose ?

— Non, merci.

— Vous avez besoin de quelque chose ?

— Non, merci.

Certes, elle est bien élevée, mais il va falloir changer de disque quand même. Ça risque d'être compliqué sinon.

— Vous voulez que j'appelle la vendeuse ?

— Surtout pas.

Très bien, bon, elle ne voit vraiment pas comment elle va pouvoir entrer en contact avec cette jeune personne. Elle a trop peur et se défend de tout. Si Guignol était trop candide, celle-ci est vraiment trop méfiante. Passe ton chemin, ma grande. Elle s'éloigne.

— Non, attendez ! implore une petite voix.

Cette femme ne doit pas exercer un métier où elle s'exprime beaucoup en public, ça s'entend tout de suite. Pas de coffre, aucune aisance orale, elle est sans doute gratte-papier quelque part – ça ne se dit plus, gratte-papier. Donc, tape-ordinateur plutôt…

— Elles sont parties ? demande la jeune femme, enfin… seulement sa tête.

La vieille dame pense maintenant à autre chose : cette tête parlante comme indépendamment de son corps, c'est qui déjà ? C'est où ? Dans un film ? Un livre ?

— Qui ? demande-t-elle, tout en continuant mentalement ses recherches.

Ah mince ! Ça ne lui revient pas. Elle commence quand même à perdre un peu la boule. Et dans cette situation, c'est loufoque !

— Les filles ! La bande de filles ! Celles qui hurlaient ! crie la bouche.

— Ah oui ! Ces jeunes filles-là ! Oh, oui, depuis un certain temps, même ! Quelle énergie ! Quel enthousiasme ! Et quelle gentillesse !

Ça y est ! Il s'agit de la tête de Jean-Baptiste sur un plateau d'argent après la danse de Salomé. Quelle drôle d'idée ! Elle a toujours eu de drôles d'idées. Alexandre lui demandait souvent en écarquillant les yeux et en souriant : Mais où vas-tu chercher tout ça ?

— Vous ne les connaissez pas, ça se voit tout de suite, hurle la voix. Moi je les connais, et ce sont des monstres, ces gamines, des monstres !

La tête disparaît à nouveau. Puis le rideau s'ouvre avec bruit. Les œillets de fer rebondissent sur la barre métallique. Elle peut maintenant découvrir le corps qui prolonge l'ovale du visage. Il est assez quelconque. Tout de noir vêtu. Tenant entre ses bras crispés des vêtements noirs également. Ce n'est pas gai. Cette femme est la veuve, finalement. Elle contemple son haut vert anis, aimerait bien le conseiller à son tour pour effacer tout ce pessimisme poignant. Et se contente de dire en souriant :

— Des monstres ! Comme vous y allez ! Mais non, ce ne sont pas des monstres, voyons ! Qui donc pourraient-elles effrayer ?

La femme en noir s'éloigne en trottinant. Elle dépose un tas de vêtements enchevêtrés sur la guérite de la pauvre vendeuse. Elle n'achète rien, se retourne plusieurs fois pour vérifier qu'on ne la suit pas. La vieille dame la regarde toujours en souriant et lui fait même un petit coucou de la main. Elle ne lui rend pas son sourire. Elle s'enfuit, comme si elle avait vu un fantôme.

— Bon, je suis pourtant bien vivante, moi !

Elle revient dans sa cabine. Mince, c'est bizarre, elle ne se souvient plus d'avoir choisi ces vêtements-là à essayer ! La vendeuse doit les avoir mis sur le portemanteau pour elle. Mais où est sa veste en laine bleu marine ? Et ses chaussures ? Elle les avait posées devant le tabouret là, elle en est sûre ! Mais il n'y a plus son sac à main ! Il était là ! Sous le tabouret ! On lui a volé son sac !

Elle ressort en trombe. Elle est livide. Son sac contient tout : ses papiers, son téléphone, ses photos préférées, ses clés… Sa vie est dans son sac ! Ce n'est pas possible ! Que s'est-il passé ? Mais quelle négligente elle fait ! Où va-t-elle aller ? Chez sa fille ! Oui, mais elle n'a plus ses clés de voiture ! Elle va venir la chercher ! Il faut qu'elle l'appelle ! Oui, elle arrivera dans la demi-heure. Mais elle n'a plus de téléphone ! Du calme ! La sueur coule dans son dos. Elle va emprunter le téléphone de quelqu'un ! Voilà ! Oui, ça, c'est une idée ! Tu vois quand tu veux ! Attends, le numéro de ta fille… 06-23, non 22, non, le deuxième nombre, c'est la date de naissance d'Alexandre, il était né quand, le 22, le 23, elle ne sait plus… Un frisson repasse dans sa nuque. Mon Dieu, elle est piégée. Elle ne sait plus rien… Elle veut sortir de sa cabine. Elle étouffe. Elle n'arrive pas à faire glisser le rideau. Elle se débat avec le tissu, elle a besoin d'air… Elle sort, elle titube, il ne manquerait plus qu'elle fasse un malaise, elle n'a plus ses papiers, on ne l'identifiera pas…

— Ça va, madame ? Qu'est-ce qui se passe ?

Quelqu'un lui a pris le bras. On la touche. Elle est encore de ce monde.

— Je… je… tout part…

— Pardon, je ne comprends pas bien, madame.

— Tout, on m'a tout volé, mes affaires, on m'a pris mon sac !

— Vous êtes sûre ?

Elle hoche la tête plusieurs fois de suite. Elle serre désormais le bras de la vendeuse, elle s'y accroche.

— Asseyez-vous là. Je vais vous chercher un verre d'eau. Tout va s'arranger, vous allez voir.

La vendeuse prend la vieille dame par le bras, la conduit à la banquette. L'homme prostré se lève et lui laisse la place. Elle a les yeux perdus. La vendeuse revient en courant avec un verre d'eau qui déborde chaque fois qu'elle pose le pied par terre. Il ne contient plus grand-chose quand elle le tend à l'égarée. Elle arpente ensuite une à une les cabines. Elle finit par revenir vers elle, souriante. Comment peut-elle être si gaie alors que tout file entre ses doigts serrés, comme une poignée de sable ?

— Tout est là, à sa place, madame, vous êtes simplement rentrée dans la mauvaise cabine. La vôtre, c'est celle-là !

— Quoi ? Comment ?

— Oui, regardez, vous étiez là ! Juste à côté ! Tenez, c'est votre sac ! Tout est dedans, vous pouvez vérifier !

— Mais quelle cruchette je fais ! Je suis désolée !

— Mais non ! Elles se ressemblent toutes, vous savez !

— Oh ! là, là ! je vous ai fait perdre votre temps ! Je suis désolée, je…

— Non, mais arrêtez, je suis là pour ça, tout va bien ! Le principal, c'est que vous ayez retrouvé vos affaires !

— Mais… mais vous êtes un ange ! Vous êtes formidable ! J'ai rencontré deux anges aujourd'hui ! Je suis chanceuse !

Dans la cabine, la bonne cette fois, elle s'assoit. Elle aime bien qu'il y ait des tabourets dans les cabines. Ce n'est pas toujours le cas. Pour se reposer. Faire redescendre la pression. Elle a l'impression que le sang circule à nouveau dans ses membres. Qu'elle se reprend peu à peu, après s'être répandue. Elle en est là. Sa vie file entre ses doigts. Ses souvenirs disparaissent un par un. Le bateau commence à prendre l'eau. Elle va oublier son sac, puis son nom, puis son histoire, et se dissoudre. Comme un morceau de sucre dans une tasse de café. Bientôt elle ne saura plus qui est Alexandre. Ah non ! Il paraît qu'on perd d'abord ses souvenirs proches.

Non, elle sait pourquoi elle est là. Elle s'est assise pour être plus stable, plus confortable, récupérer des forces. Mais aussi pour pouvoir remettre ses chaussettes et ses chaussures sans ressembler à un flamant rose, sans avoir peur de perdre l'équilibre. Tout est tellement pensé pour les jeunes en bonne santé.

— Ça va, madame ?

La petite vendeuse passe la tête. Spectacle de Guignol, encore, mais avec un visage souriant, cette fois.

— Oui, oui, très bien, je vous remercie.

— Vous vous êtes remise de votre mésaventure ?

— Oui, tout à fait. Je vais essayer ce petit haut vert qu'une jeune fille m'a conseillé. Il faut que je remette des couleurs dans ma vie.

— Ah oui, carrément ! Elle a raison. Je vais vous en ramener, moi, de la couleur, vous allez voir !

Elle va enfiler le vert printemps, qui signera la fin de son hiver.

— Vous voulez de l'aide ? redemande la voix.

— Non, merci. Enfin si, si cela ne vous dérange pas trop, j'ai peur de m'emberlificoter…

La vendeuse entre. Elle voit son corps sans le regarder. Elle l'aide à déboutonner son chemisier. Puis elle lui lève les deux bras avec douceur. Pour lui enfiler le haut vert chlorophylle. Elle se laisse faire comme une enfant. Les deux extrêmes de la vie se rejoignent. Elle se souvient qu'elle habillait ses fils de la même façon, avec patience et délicatesse. Elle la soutient pour se relever et l'accompagne vers le miroir dehors en lui tenant le bras.

— C'est vrai que c'est joli, ce vert ! dit la dame.

— Oui, elles sont pénibles, ces gamines, mais elles ont bon goût ! répond la vendeuse en riant.

Elle la raccompagne à sa cabine. Sans se presser, sans se tromper de cabine non plus. Elle l'aide à se rasseoir.

— Restez là, deux minutes, bien tranquille, j'ai pensé à des choses : je vais vous rapporter des petits hauts colorés tout légers, très faciles à enfiler et à laver aussi, et puis un pantalon hyper confort avec une taille élastique, mais super élégant. Vous m'en direz des nouvelles. On les essayera ensemble, ne vous inquiétez pas.

Elle n'essaie plus de se déshabiller seule. Pourquoi refuser des services quand ils sont si gentiment proposés ? Elle ne se sent pas diminuée par les propositions de la vendeuse. Mais plutôt chouchoutée. Elle a besoin de soins, maintenant, elle qui a toujours soigné les autres. Son corps appelle à l'aide, lui fait parfois des petites infidélités, la lâchant petit à petit. Chaque matin, elle découvre une petite douleur inconnue. Elle se souvient des réveils paisibles sans questions. Ou plutôt elle ne s'en souvient pas. Ils se reproduisaient, identiques, indissociables. « La santé est le silence des organes », a dit elle ne sait plus qui. Elle se levait dans la paix, le délié, l'innocence. Le buste se redressait, les pieds se posaient au sol, les jambes fonctionnaient avec une évidence totale, dans une ignorance crasse du miracle qu'elle aurait dû célébrer. Aujourd'hui, la main tire, le dos se froisse, le genou pique, le cou se raidit, le doigt se crispe. Il y a toujours un petit quelque chose de travers. Chaque fois, c'est la surprise. Mais pas une qui fait plaisir.

La vendeuse revient avec des T-shirts de toutes les couleurs, fins et agréables au toucher, comme un arc-en-ciel entre ses mains, ou des foulards de magicien. Elle se laisse faire pour en passer un. C'est chaud et confortable. D'ailleurs elle se sent bien dans cette cabine, elle qui a toujours froid. Il ne doit pas y avoir de climatisation. Elle déteste cela. C'est juste la bonne température. Elle resterait bien là très longtemps à se faire papouiller. Le pantalon est un délice. Il s'étale autour d'elle comme une corolle plissée. C'est flottant, léger, ces nouvelles matières, un plaisir ! Et elle n'est pas du tout serrée au ventre. La vendeuse l'a aidée à le passer sans heurter sa pudeur en se mettant quasiment à genoux devant elle et en remontant le tissu le long des jambes.

— Il n'y a qu'en noir ? J'aime tellement !

— Non, il existe en bordeaux aussi. Et peut-être en vert foncé, je vais voir. Vous allez faire des folies, vous !

— Oh, oh ! ce n'est pas si souvent ! dit-elle en rougissant.

C'est vrai, il faut qu'elle soit raisonnable, elle ne va pas dépenser toute sa retraite en une heure dans une boutique, ce n'est pas sérieux ! Et que penserait sa fille ? Elle regarde les étiquettes. Non, mais ça va, 5,99 euros le T-shirt, et 19,99 le pantalon. C'est bizarre cette façon de toujours omettre un centime sur les prix. Un peu comme elle, finalement, il manque toujours un petit quelque chose qu'elle oublie quelque part.

Elle remet un à un les vêtements sur des cintres. Elle sait trop ce que c'est de ranger. Ces gestes invisibles qui remettent de l'ordre et font qu'on trouve tous les jours une maison propre, une cuisine impeccable, une chambre avec chaque élément à sa place, par magie. La petite vendeuse, qui lui a apporté les deux autres pantalons fluides dans d'autres couleurs, est retournée s'occuper du tas d'habits des ados. Elle a réenfilé toute seule les vêtements avec lesquels elle était arrivée. Elle lui remet maintenant les cintres qu'elle place sur les portants. Puis elle s'installe à côté de la vendeuse et attrape un vêtement et un cintre.

— Non, madame, je vous en prie, murmure la petite.

— Mais enfin, je vous aide, c'est bien normal, après ce que vous avez fait pour moi, lui répond-elle avec un grand sourire.

— Ce n'est pas possible. Vous ne pouvez pas faire ça. C'est mon travail, insiste la jeune femme en baissant la tête. Je suis payée pour ça.

— Ah oui, je comprends.

— Et si on nous voit, je risque ma place.

— Ah non, ça non ! Excusez-moi, je ne voulais pas vous mettre en danger. Que puis-je faire pour vous remercier ? Ah ! tenez, prenez ça, vous me ferez plaisir !

Elle ouvre son sac à main, cherche son porte-monnaie, a du mal à le trouver, son sac est grand, parce qu'elle doit toujours pouvoir y mettre un livre, c'est le critère. Elle déteste ces petits trucs jolis qui ne peuvent rien contenir. Mais elle prend plus de temps à trouver ce qu'elle veut.

Ah ! enfin, voilà. Elle sort un billet de vingt euros et le tend à la vendeuse.

— Ça, madame, c'est encore pire, je pense ! Je ne peux vraiment pas accepter. Je n'ai pas le droit.

— Mais c'est un comble tout de même ! On ne peut pas vous aider, on ne peut rien vous donner, ce n'est pas possible !

Elles restent là, côte à côte, à vouloir plus qu'elles n'ont le droit de donner et de prendre.

— Je sais ce qu'on va faire. Je vais rentrer chez moi, déposer toutes mes affaires, et je reviendrai en fin de journée. Je m'installerai au coin, là, dans ce petit restaurant, Le Baratin, je connais bien la patronne, j'y vais souvent et je vous attendrai. Vous finissez à 19 heures, c'est bien ça ?

— Oui, c'est ça.

— Alors voilà, j'ai des tas de choses à faire d'ici ce soir, et je viendrai avec un bon livre, je serai donc en excellente compagnie, et un petit thé à la vanille, ce sera parfait pour vous attendre et nous dînerons ensemble ! C'est possible ça ? Vous avez le droit ?

— Oui, je crois.

— Très bien.

Elle range son porte-monnaie et ferme son sac. Elle attrape la tunique vert anis rangée sur le portant, il ne manquerait plus qu'elle l'oublie, comme elle a tendance à oublier tout le reste ! Elle ajoute tous les T-shirts et tous les pantalons. La voilà équipée ! Alexandre serait content, il se réjouissait toujours quand elle faisait des folies !

— À tout à l'heure, alors, dit-elle en ajoutant un petit signe de la main.

— Oui, à tout à l'heure.

Elle s'éloigne des cabines. Mais soudain, elle est prise d'un doute. Elle fait demi-tour.

— Vous avez le droit de le faire, mais est-ce que cela vous fait envie ? Parce que dîner avec une vieille dame comme moi, ce n'est peut-être pas très intéressant pour une jeune fille comme vous, j'y pense tout à coup ? Dites-le-moi sincèrement, je peux tout à fait l'entendre, vous savez !

— Ça me fera très plaisir, la rassure la vendeuse. Vraiment.

— Ah ! très bien. Fantastique. À moi aussi. À ce soir alors !

Elle sort du magasin. Elle a un rendez-vous !

4
T-shirt jaune

— Juliette, je peux te parler, s'il te plaît ?

Il y a des « s'il te plaît » qui n'en sont pas. Non, cela ne me plaît pas du tout de te parler. Mais je ne crois pas avoir le choix. Christelle, mon manageur (ne surtout pas dire « ma manageuse », le féminin fait perdre toute grandeur et toute autorité au titre), qui apparaît comme une déesse inopinée dans le fracas et les éclairs (à moins qu'elle ne nous surveille grâce aux caméras…), qui sort de nulle part comme un diable en embuscade, qui distribue coups de fouet et compliments avariés au gré de ses humeurs et de ses techniques managériales plus ou moins maîtrisées, Christelle, grande, mince, habillée hors du magasin, hautaine, cheffe d'un chenil récalcitrant. Avant je sursautais, maintenant je me retourne lentement et de mauvaise grâce.

— Oui, quoi ! je réponds.

— Tu as fait la formation, non ?

— Oui.

Des phrases courtes, pas de prise, elle aboie, j'aboie aussi, mon aboiement est plus laconique.

— Et ils disaient quoi à la formation sur le timing clientèle, s'il te plaît ?

— Des tas de choses…

— Oui, mais encore ? Combien de temps dois-tu passer avec chaque cliente ?

— Ça dépend…

Quand la mauvaise grâce devient mauvaise volonté…

— Ça ne dépend pas ! C'est deux minutes max. Et là, j'ai compté, tu es à plus de neuf minutes !

— Tu chronomètres aussi mes pauses pipi ?

Ça lui coupe un peu la chique à la surveillante de prison. Cinq petites secondes de déstabilisation. Elle se reprend vite, elle a appris.

— Et tant qu'on y est, tu n'as pas le droit d'entrer dans les cabines non plus. C'est strictement interdit. On pourrait t'accuser de harcèlement, d'attouchements…

Et puis quoi encore… J'ai simplement aidé une vieille dame à enfiler un vêtement compliqué et elle le sait très bien.

— Moi je dis ça pour toi. Je ne voudrais pas que tu te retrouves dans une situation délicate…

La tape et la caresse. La critique et le soin. La bonne vieille technique rodée d'une déstabilisation permanente.

— Bon, nous en reparlerons à ton entretien de la fin du mois. D'ici là, si je peux t'aider, n'hésite pas, je suis là.

C'est ça ! Eh bien, je préfèrerais que tu sois ailleurs !

— Allez, les filles, on s'y remet ! Dans la joie et la bonne humeur.

Qu'elle vient de casser, de piétiner, et qu'elle réclame maintenant. Ici la joie se décrète, s'ordonne, c'est une chose à savoir.

Rudy, le vigile, me fait un clin d'œil. Il a tout vu et tout compris. Il n'est pas dupe. Il est de mon côté et pratique, comme moi, l'économie de salive.

La formation, je m'en souviens parfaitement.

Il avait fallu que je « monte » à Paris (j'avais supposé que je « redescendrais » ensuite dans ma petite province). Deux jours tous frais payés. Le train, les repas, la nuit d'hôtel. J'avais rêvé des grands boulevards, des cafés en terrasse, des rues pavées et des musées. De la capitale, je n'avais vu que la gare Montparnasse, les couloirs du métro, la porte de Charenton, le Novotel, les salles de réunion borgnes, le dîner dans un lieu impersonnel de l'hôtel avec des mets Picard décongelés sur des assiettes à bords dorés, une chambre standardisée, une nuit climatisée, un petit-déjeuner riche, une autre journée au même endroit et un retour par le même chemin que l'aller. J'étais contente de retrouver ma province et mon lit, après cette montée et cette descente aussi rapides qu'éreintantes.

La formatrice était une ancienne des magasins de la région ouest. Elle avait gravi tous les échelons de vendeuse à directrice de magasin, elle se tenait à présent en haut de la pyramide, sur la dernière marche, sans avoir plus rien à quoi se tenir, si ce n'est cette méritocratie bancale et solitaire.

Chacune dut se présenter. Il n'y avait que des femmes, évidemment ; dans le prêt-à-porter féminin, les hommes seraient déplacés, voire importuns. Les prénoms s'égrenèrent en sourires gênés, suivis d'une provenance géographique. Nous étions toutes débutantes, certaines avaient exercé leurs talents de vendeuses ailleurs, elles les exhibaient comme un trophée. On épingla sur nos poitrines plus ou moins opulentes une étiquette avec les prénoms mentionnés. Aucune ne manquait à l'appel. On pouvait commencer.

Le discours se déploya aussitôt au sein d'une salle grise aux néons blafards incrustés dans des plaques au-dessus de nos têtes apparentées à la signalétique d'autoroutes ou de plafonds d'hôpital.

La dame parlait ; cela aurait pu aussi bien être un disque ou la voix off d'un film invisible. Je réussis à rester concentrée une minute, puis l'esprit s'envola et battit la campagne lointaine que rien n'évoquait pourtant en ces lieux. Il redescendait de temps en temps, par politesse, par réflexe de bonne élève aussi. Il atterrissait alors sur de drôles de phrases :

— Vous serez incentivées sur les ventes sous forme de primes.

Je ne comprenais pas ce terme. Les autres avaient l'air de savoir de quoi il s'agissait, ou faisaient très bien semblant. J'ai essayé de deviner. *Incentive*, ça me faisait penser à quoi ? Je pouvais le rapprocher de quel mot ? Je procédais souvent par association de sons et d'idées et en général, ça ne tombait pas si loin. Incentive/Inventive. Il fallait donc faire preuve d'imagination et de créativité pour vendre un article. Mais cela ne collait pas trop avec le reste du discours qui était si normé, avec tant de process (ça, j'avais tout de suite compris). *Incentive*, *incentive*… Incendie, voilà ce qui me venait désormais. Non, ce ne devait pas être la procédure d'évacuation en cas d'incendie. C'était trop loin du sujet. Je cherchais. Pendant ce temps-là, le discours continuait de se déployer allégrement vers d'autres confins incompréhensibles. J'étais désormais à des kilomètres de cette salle et de cette femme parlante, les yeux dans le vague, l'esprit flottant. J'ai été rapidement démasquée.

— Mademoiselle avec le T-shirt jaune là-bas ! D'ailleurs, le jaune, faudra oublier, hein, trop voyant et trop vulgaire ! On n'est pas à la plage ici ! De toute façon, vous aurez un uniforme ! Donc, mademoiselle, qu'est-ce que je viens de dire ?

C'était donc l'école. Encore et toujours. On n'en sortait jamais, même dans la vie professionnelle. Des gens qui savent et qui implantent ce savoir dans la tête de leurs élèves à coups de questions pièges et d'interrogations surprises !

— « Votre intervention auprès de la cliente doit être rapide et impactante. »

La phrase était sortie impeccablement, mot pour mot, comme je le faisais en cours. Et la prof était pareillement ébahie et furieuse qu'on la cite si parfaitement alors qu'on l'écoutait si peu. J'avais toujours su être ailleurs et ici en même temps, une part de mon cerveau divaguait, l'autre enregistrait ce qui se déroulait dans la réalité. « Juliette rêvasse », « Juliette est dans la lune », disait-on quand j'étais petite. Mais Juliette demeurait présente, d'une certaine façon.

La formatrice était perplexe et frustrée. Elle aurait bien aimé me prendre la main dans le sac, en plein délit de non-écoute des consignes. Recalée. Mais là, elle était tombée sur un os, impeccable, lisse, blanc, sa phrase restituée dans son intégralité. Les autres filles me souriaient. Je l'avais bien mouchée, celle-là. Cette solidarité contre l'enseignant, immuable.

Elle reprit le fil de sa présentation inintéressante et chronométrée. Mon attention légère continua d'isoler quelques mots inconnus. « Disruptif ». Qu'est-ce que c'était donc que ce truc-là ? Il y avait un peu d'éruption là-dedans. Éruption volcanique ? Fallait-il exploser en tous sens, faire des étincelles, s'éclater quand on faisait une vente ? J'en doutais.

Je laissai tomber. J'avais retenu les principes, les valeurs-piliers : discrétion, effacement, invisibilité. Une vendeuse n'existe pas. Jusqu'au moment où on a besoin d'elle. Et là encore, elle existe très peu. Quelques conseils avisés.

Des compliments neutres. Un sourire bienveillant. Une conversation brève. De la flatterie modérée.

— Bon, fini les beaux discours, place à la réalité du terrain.

Le réveil brutal fut accompagné de claquements de mains. Elle auto-applaudissait son « beau discours » ? Il fallait s'aimer, tout de même !

— Alors nous allons faire des petits sketchs. Des mises en situation. Juliette, tu fais le cobaye, Louise, tu fais la vendeuse, c'est parti !

Mon rôle évident. La potiche. Le portemanteau. Le mannequin en plastique. Je me fis statique, seul arbre au milieu d'une clairière, entourée de tous les animaux qui m'observaient et me détaillaient, mon tronc, mes branches, mes feuilles. Vengeance du supérieur mis en défaut, je n'en attendais pas moins, on finit toujours par passer à la caisse.

— Allez, venez ici, devant, que tout le monde vous voie bien ! Ne faites pas vos timides !

Alors, je ne « faisais » pas ma timide, je n'aimais pas m'exhiber devant des inconnues pour une cause que je ne défendais même pas.

— Bon, la cabine est là, entre ces deux chaises, et vous, la vendeuse, vous attendez que la cliente en sorte pour la conseiller.

Juliette regardait Louise et aurait aimé être à des kilomètres d'ici. Nouveau claquement de mains, rappel à l'ordre plutôt qu'applaudissement.

— Bougez. Ayez l'air naturel. Juliette, faites comme si vous sortiez de la cabine avec une nouvelle tenue. Allez !

Jusqu'à quel point devais-je cautionner ce jeu ridicule et corrompre mon intégrité émotionnelle ? J'en avais déjà trop fait pour ma part.

— Bon, on n'a pas toute la matinée !

Les yeux des autres me perçaient. Alors je me suis lancée. J'ai fait semblant de sortir d'une cabine imaginaire, j'ai fermé derrière moi un rideau qui n'existait pas, je me suis avancée vers un miroir invisible, j'ai contemplé un reflet absent, j'ai pris des poses, bravache. Louise s'est approchée.

— Madame, ce pantalon vous va parfaitement.

— Très bien, Louise ! Parfait ! Vous avez senti ce moment d'indécision chez la cliente (bon, en l'espèce, ce n'était pas très difficile !) et vous avez pris les devants. Mais apparemment, vous ne l'avez pas tout à fait convaincue. Poursuivez !

— Ce pantalon vous met vraiment en valeur !

— Oui, ce n'est pas mal.

— Il est super à la mode !

— L'argument de la tendance est excellent !

— Et si le pantalon ne lui va pas ? a demandé une fille dans le cercle. On fait comment ?

— Question inepte. Le pantalon lui va parce que vous lui dites qu'il lui va. Quelqu'un qui demande un conseil n'est pas sûr de lui, ce qui signifie que vous pouvez le convaincre de n'importe quoi. Quand on sait, on ne demande pas d'avis. On prend. Vous êtes la décision, le facteur X, l'élément déterminant.

Nous y voilà. Nous ne sommes pas là pour conseiller, nous sommes là pour vendre. Même un vêtement affreux, mal coupé, inadéquat.

Après nous, d'autres ont joué, avec plus ou moins de talent. Des rires ont fusé parfois, aussitôt éteints par notre metteuse en scène peu sensible à toute forme d'improvisation et de débordements.

Les « paniers-repas » (qui n'étaient pas des paniers, mais des sacs en papier brun contenant non pas un repas, mais un sandwich, une compote, une petite bouteille d'eau) interrompirent momentanément la représentation théâtrale. Nous mâchions le pain mou en silence, et remâchions les informations du matin. Nous tentions de digérer les uns et les autres.

L'après-midi fut aussi savoureux que la matinée, après un café au distributeur et une cigarette arrachée de haute lutte – « le tabac pue et empeste les vêtements, il est interdit de fumer sur votre lieu de travail, vous feriez mieux d'arrêter tout de suite ».

D'autres métiers nous furent présentés. Même si la vente en cabine était notre tâche principale, nous serions appelées à donner des coups de main à la caisse ou à la manutention. Réceptionner des colis, les ouvrir, mettre des antivols, nous voilà polyvalentes. Encaissement, annulations, échanges, réductions, la caisse n'aurait bientôt plus de secrets pour nous. À 17 heures, nous en avions fini.

— Ah, j'oubliais ! C'est tout nouveau tout beau ! Notre dernier joujou : le terminal de commande. Si le produit que la cliente recherche n'est pas disponible, on peut le lui commander. Vous devez toujours l'avoir à portée de main. Oui, Mina, ça ressemble à un téléphone. Non, Mina, tu ne pourras pas confondre avec ton téléphone perso puisque tu n'auras pas sur toi ton téléphone perso, je rappelle.

— C'est ce qu'on verra, marmonne Mina.

— Pardon ?

— Non, rien.

— Donc, la cliente veut une taille L et elle ne l'a pas trouvée en rayon. Vous scannez le code-barres du produit, vous cherchez la taille L. Vous regardez d'abord s'il n'est pas en magasin. Parce que la cliente regarde souvent mal. S'il n'est pas dispo en magasin, vous allez dans « other stores », autres magasins en français. Et vous voyez où il en reste dans cette taille. Et vous le faites venir. Vous dites à la cliente qu'elle n'aura qu'à passer demain à sa pause déjeuner et son pantalon l'attendra à la caisse. En général, elles adorent. Ça fait service à la personne.

Je ne relevai pas le cynisme de la dernière phrase. N'étais-je pas censée servir les personnes ? Non, je devais « faire » service à la personne. Nuance.

Nous sommes reparties formées, informées, équipées. De bons petits robots avec un logiciel à jour et les derniers gadgets de rigueur.

Et aujourd'hui, je viens d'aider une vieille dame à enfiler une tunique étriquée. Et je vais aller dîner avec elle. Ce qu'on m'a strictement interdit en formation.

5

Le costume

Il est assis sur un banc à l'extérieur des cabines, comme un enfant puni. Il est penché vers l'avant, mains jointes entre ses cuisses écartées, dos voûté, poids invisible sur ses épaules rentrées. Sa présence est incongrue, gênante, au milieu des falbalas féminins et autres colifichets, comme on disait autrefois. Il détourne les yeux chaque fois qu'une femme sort pour s'admirer dans le miroir. Il est le seul homme ou quoi ? À part le vigile qu'il a croisé, il pense que oui.

Dans quel guêpier s'est-il encore fourré ! Elle lui a demandé si gentiment, avec le regard auquel il ne peut pas résister, celui par en dessous, avec un petit sourire timide, la tête penchée, les tortillons dans les cheveux avec l'index, et la voix douce, si douce… Elle avait besoin de son avis. Il pouvait bien faire un effort, il ne l'accompagnait jamais faire du shopping ! Et là elle a besoin d'une nouvelle tenue, pour son nouveau boulot, c'est important. Comment refuser ?

Ça veut dire qu'il va devoir payer ? Il est là pour ça ? Il est la banque, en fait ! Il va en avoir pour combien ? Ne pas paraître vénal, surtout ! Il vérifie ses comptes bancaires sur son téléphone. Pourvu qu'elle ne lui fasse pas une boulimie de fringues ! Ce n'est pas trop le mois pour…

Il faut qu'il se détende. Il va passer un bon moment. La femme qu'il aime va faire des essayages devant lui, c'est agréable. Et tiens, il entend de la musique. Ce sont les jeunes là-bas sûrement. Il aime bien ce morceau. Il l'a entendu à la radio l'autre jour. « You know it's not the way as it was… » Il dodeline de la tête en rythme. Oui, détends-toi, coco ! Elle n'a pas toujours d'arrière-pensées. Elle ne te manipule pas chaque fois. Il doit faire taire sa méfiance habituelle…

Elle sort de la cabine et se plante devant lui, la main sur la hanche, le bras en triangle, de guingois, une mannequin malhabile dans une robe noire très, très seyante. Il est époustouflé et inquiet.

— Je croyais que c'était une tenue pour aller au travail, dit-il. Tu ne vas pas aller au bureau comme ça, si ?

Elle lui a bien indiqué qu'elle recherchait une tenue neutre, pour être appréciée pour ses compétences et non pour sa plastique, il n'est pas fou ? Pour qu'on évalue son cerveau et non son derrière ? Il se souvient de ces termes qui l'avaient perturbé à l'époque.

Mais il vient de commettre l'irréparable. Il est mort. En deux minutes. Après un seul essayage. Bravo, l'artiste ! Il le voit aux sourcils froncés, à la rougeur qui envahit le cou et gagne les joues, aux poings crispés le long du corps comme si elle partait pour une diagonale au sol en gymnastique rythmique et sportive. Les mots projetés ne sont pas les bons, ne peuvent être récupérés ni remis en bouche.

— J'ai le droit de m'habiller comme je veux, non ?

— Mais bien évidemment. Mais tout à fait…

Il sort les rames. Un petit coup de pagaie de travers et l'embarcation bifurque, s'égare, penche ou se renverse.

— Alors quoi ? le relance-t-elle, vindicative.

Elle a envie qu'ils se disputent. Elle veut en découdre. Elle est comme cela certains soirs, lorsqu'il rentre du bureau. Presque tous les soirs, s'il est honnête. Dès qu'il passe la porte, ses antennes sortent pour évaluer l'atmosphère, la température, si le coup va partir, d'où et à quelle puissance. Les boulets sont allégrement lancés depuis plusieurs semaines. Et apparemment, la guerre élargit ses horaires aux matinées dorénavant… Ce peut être sur l'horaire du repas (« Tu as déjà faim ? Mais on n'est pas des Allemands ! » ; l'inverse est également possible : « On mange trop tard, c'est mauvais pour la digestion et pour dormir, on stocke tout, d'ailleurs il faudrait vraiment que tu fasses attention ») ; sur le repas lui-même (« Faut arrêter la viande, c'est mauvais pour la planète ! », « La soupe tous les soirs, on se croirait dans une chanson de Brel ») ; sur le choix de la série (« Encore de la violence, merci bien, tu ne trouves pas que le monde est assez terrible comme ça, faut encore en rajouter ! », « Dieu que c'est mièvre ! Et ces histoires de bonne femme, on n'est pas qu'un utérus non plus ! »). Sur son écoute inattentive (« J'ai l'impression d'être un transistor. C'est exactement cela, je suis un bruit de fond, qui te donne les nouvelles, la météo, tout ! »). Sur le drôle d'air qu'il a. Sur son absence d'expressivité. Sur tout en fait.

— Alors rien ! Cette robe te va très bien ! Tout te va, de toute façon !

Que n'a-t-il dit encore ! Le bémol était problématique, le compliment l'est davantage. Il a maintenant déclenché l'orage, la tempête. Elle se tient au rideau comme si un précipice s'était ouvert subitement sous ses pieds.

— C'est ça ! Ne donne surtout pas d'avis ! Joue les planqués, comme d'habitude ! Si tout me va, rien ne me va. Tu sais quoi, on s'en va !

— Mais non, mais pas du tout, mais pourquoi ? Mais je suis content d'être là avec toi !

— Pas du tout ! Tu te forces ! D'ailleurs, j'ai dû te supplier pour venir !

— Me supplier, tu exagères ! la reprend-il en souriant. Je n'ai pas été très difficile à convaincre…

— C'est bien ça le problème ! Il a fallu te « convaincre » alors que tu devrais proposer spontanément de m'accompagner si tu m'aimais vraiment !

Alors voilà, nous y sommes. L'amour, le vrai, qu'elle invoque si souvent. Il y aurait donc un faux amour, le sien en l'occurrence, qui serait intéressé, charnel, égoïste, et le vrai, celui qu'elle lui porte, généreux, sentimental, gratuit. C'est son nouveau laïus. Il ne comprend rien à ces typologies. Il est assez binaire. Ou on s'aime, on passe du bon temps ensemble, on a envie de faire l'amour, ou on ne s'aime plus et on n'a plus envie de se voir et plus de désir l'un pour l'autre. Il n'est pas question de vérité et de fausseté, mais d'être ou de non-être, d'un sentiment qui existe ou qui n'existe plus. S'il est avec elle, c'est qu'il en a envie et qu'il l'aime. Mais ses raisonnements sont sans doute trop simplistes.

Elle ferme le rideau d'un geste rageur. Elle en a fini avec lui. Il a tous les torts. Il secoue la tête avec effarement.

Il n'en peut plus de ce chaud-froid permanent, du fiel et du miel, de la violence et de la douceur. Il aime le permanent, le tiède, le constant, et tant pis si cela ne fait pas rêver.

C'est alors que l'essaim surgit. Il n'a pas anticipé le nouveau piège, il tombe dedans comme un benêt. Elles le frôlent, elles le provoquent, elles le piquent, il est étourdi, ça va trop vite, encore une fois il n'a pas les bonnes réponses, il cherchait encore celles pour sa compagne, il n'aura trouvé ni les unes ni les autres. Un simple « bonjour » semble agressif, un pauvre « j'attends » est un aveu criminel. Elles le laissent abasourdi et tremblant. Maintenant, en plus d'être un non-amoureux, il est un pervers, un voyeur, quoi d'autre encore ? Il est complètement désemparé.

Elle réapparaît, écarlate. À moins que ce ne soit cette robe rouge ultra-moulante qui déteint sur ses joues et son front ?

— Ça va, je ne te gêne pas ? Tu t'es bien rincé l'œil avec toutes ces gamines !

On dirait un chien le long d'une clôture qui aboie sans raison. La gueule est ouverte, les yeux agressifs, le corps tendu, les griffes sorties.

— Mais qu'est-ce que tu racontes, enfin ! se défend-il.

— Arrête, je t'ai vu. Limite tu bavais ! Eh bien c'est ça, vas-y, pars avec elles !

— Tu plaisantes ou quoi ? Je suis là, avec toi, je t'attends, et tu me fais ce procès-là !

Elle n'entend rien. Elle ne veut rien comprendre. Sa grille de lecture est implacable. Il est le salaud.

Bon, ce n'est plus possible. Il en a ras le bol. Quoi qu'il dise, quoi qu'il fasse, il est dans l'erreur. Ce système qu'elle instaure est perdant-perdant. Il se frotte les cheveux comme un pouilleux. Il ne comprend vraiment plus ce qu'il fait ici. Elle a disparu à nouveau.

Mais elle ressort avec un sourire. Et une jupe sexy en diable, noir, moulante, qui arrive aux genoux, avec un chemisier en haut, qui ferait sérieux s'il n'était pas ouvert sur de la lingerie noire très visible.

— Bon, ça, c'est bien, ça ? Ça te plaît, chéri ?

Il n'ose pas répondre. Les braises après l'eau glacée, il tremble encore de froid.

— Regarde, c'est parfait, non ?

Les mots s'embrument. Son cerveau est confus.

Dès lors, la tendre trêve s'évanouit. La revoilà furieuse.

— Je vais demander à n'importe qui ici, ça vaudra mieux que toi ! Tu ne sers à rien !

Non, décidément, il n'y aura pas de réconciliation possible. Le malentendu se creuse, il s'épaissit de mots terribles, il grossit d'être public.

— Mademoiselle, s'il vous plaît ! lance-t-elle en levant le bras, comme pour héler une serveuse dans un café. Mon compagnon n'a aucun avis sur rien ! Vous seriez assez aimable pour simplement me dire si cela me va !

La vendeuse pourrait tomber dans le même piège que lui. Sauf qu'elle pirouette, elle danse, elle se faufile, elle interroge plus qu'elle ne répond, elle est maligne. L'implication émotionnelle n'est pas la même non plus. Et cet échange est pour elle un éclair unique et sans mémoire.

— Merci pour votre avis ! Au moins vous en avez un !

Il ne répond plus à la provocation, il est las.

— Ho ! Je te parle là ! Tu m'écoutes ? Tu penses encore aux gamines, c'est ça ? T'es vraiment un porc !

Elles sont parties depuis longtemps, mais leurs fantômes demeurent.

Il est vaincu. Il reprend sa position initiale, mais la tête ploie davantage, les jambes sont plus écartées, le front profondément creusé. Une vieille dame sort de sa cabine. Elle a l'air plus alerte et plus vivante que lui, bien qu'ayant le double de son âge au bas mot. Ah non, tiens, la voilà qui vacille. Elle semble avoir perdu quelque chose. Il lui laisse sa place et l'aide à s'asseoir. Elle est toute légère. Elle lui sourit pourtant, alors que ça n'a pas l'air d'aller fort. Il n'est pas si mauvais. Il mérite un sourire, lui, l'odieux. La vendeuse s'active et retrouve la cabine de la vieille dame qui s'est perdue. Elle l'y reconduit en lui tenant le bras. Certains êtres sont doux les uns pour les autres, même sans se connaître. Ils se rendent des services, ils se font du bien. Ce n'est pas si compliqué. Il se rassoit. Il se tient maintenant droit sur son banc.

Il attend. Elle le fait languir. Il paye. Pour ses mauvaises réponses, pour son amour qui n'en est pas, pour les regards qu'il est suspecté d'avoir jetés aux jeunes filles, pour ses erreurs innombrables, passées et à venir.

Il paye pour bien plus. Son pyjama (il en a toujours porté, il n'aime pas dormir nu, il a froid la nuit ; elle trouvait cela trop mignon), ses cheveux longs (elle les juge sales et cachant mal et de façon un peu pathétique une calvitie qui ne trompe personne ; elle adorait les ébouriffer), ses baskets (de toutes les couleurs, toutes les formes, neuves et moins neuves, voire éventrées, puantes à tous les coups ; elle riait de son côté adolescent), son parfum (le même depuis le lycée, un cadeau de sa mère, il faut couper le cordon ; elle se shootait à son odeur). Son haleine. Il voit bien qu'elle ne veut plus l'embrasser. Elle demande vite qu'il se mette derrière elle pour la prendre, n'avoir pas son visage contre le sien, sa langue dans sa bouche. Vite, oui. Leurs rapports sont rapides. Elle n'a pas le temps de jouir, ce n'est mathématiquement pas possible, elle veut se débarrasser de l'affaire, elle simule, elle souffle, elle gémit, elle crie trop et trop fort. Il n'est pas dupe. Elle lui jettera certainement à la gueule quand ils se quitteront : tu n'as même pas vu que je faisais semblant. Il ne répondra pas qu'il savait. Il ajouterait de la lucidité à sa muflerie, son cas est déjà assez dramatique comme cela.

Elle est derrière ce rideau, comme le jeu à la télévision qu'il regardait quand il était petit. Un faisceau d'indices permettait de deviner qui se cachait là derrière le tissu rouge flanqué d'un point d'interrogation. Il est sûr de gagner. Il sait pertinemment qui se tient là, un visage marqué par le ressentiment et la critique. Il n'a aucune envie de les subir.

Elle ne l'aime plus. Il ne l'aime plus. Rideau.

Il sait ce qu'il doit faire.

Il se lève et il part. Il bouscule la vendeuse au passage d'un coup d'épaule involontaire. Il s'excuse. Du choc, de la situation, du départ, de l'abandon. De tout. Mais simplement, il n'en peut plus. Il va certainement se cogner encore, mais il refuse d'être enfermé dans une cabine trop étroite où il n'y a pas de place pour deux.

6

Un pyjama

Merci pour le coup dans l'épaule ! Sympa ! Je suis bonne pour une tache bleue qui s'étendra en rhizome sous ma peau, avant de virer au jaune foncé, ce sera magnifique. Bon, il s'excuse au moins, c'est déjà ça !

Le pauvre gars ! Il vient en plus de se manger le portant ! Et il se rattrape au comptoir. Peut-être qu'il a bu ? Non, il était calme. Accablé, même, recroquevillé sur son petit banc ! Et perdu, avec sa femme qui lui faisait des numéros de cirque. Et que je te joue les pin-up, et que je t'allume, et que je t'envoie balader, et que je te reprends… Il ne savait plus à quel spectacle il était invité.

Et moi qui ai dû donner mon avis, comme un arbitre neutre et sentencieux. Évidemment que je n'ai pas pris parti ! Pas folle la guêpe ! J'ai répondu aux questions (aux intimidations plutôt) par d'autres questions : C'est pour quelle occasion ? Quel style recherchez-vous ? Portez-vous toujours des pantalons ? Bref, je l'ai noyée sous des points d'interrogation, elle est retournée dans sa cabine, furieuse et asphyxiée.

Mais quelle idée, aussi, de venir en couple ici ? C'est forcément une impasse ! Le choix c'est : avoir tout faux ou avoir tout faux ! Il n'a peut-être pas compris qu'il n'était qu'une instance validante ? Regarder d'abord attentivement le sourire ou la moue de sa femme sortant de la cabine avant d'émettre un avis et se conformer à cette joie ou à ce rejet perçus. Avec des mots encourageants ou légèrement critiques. Pas d'excès. Le degré zéro de l'intervention. Souffler dans le sens du vent. Et proposer de payer. Ça aide souvent.

Il a dû tout faire de travers, c'est certain. Et elle qui ne sait pas encore qu'il a disparu… Une séance de shopping qui se transforme en crise conjugale… ça arrive souvent. C'est comme chez Ikea.

Moi, le couple, je n'y crois pas trop. Enfin je ne vois pas qui pourrait décider de commencer une histoire avec moi. Et de la poursuivre. Faudrait déjà que je fasse un effort. Et que je m'arrange un peu, comme dit ma mère. Avec toutes les fringues que tu as à ta disposition, ça doit pas être difficile. Enfin, faudrait surtout qu'elle soit aimable, ajoute mon père. Voilà. Je ne suis pas digne d'être aimée, ce n'est pas une découverte.

Pourtant, avec mon nom d'héroïne de drame, de grande amoureuse passionnée, de femme pour laquelle on brûle et l'on se tue, j'étais bien partie. Mais je me sens plutôt comme une petite Julie, une version mignonne et effacée d'une personne qui serait entière. Je suis une diminution. D'ailleurs ici, on me raccourcit encore, on m'appelle Jul. Et une Jul, on ne se consume pas d'amour pour elle.

Il y a eu des amourettes de lycée. Enfin des… Une amourette. Loïc. Deux ans d'attente pour deux mois de relation. Quand il m'a enfin remarquée, après des efforts invraisemblables de maquillage, coiffure, vêtements et les messages sans ambiguïté (« Juliette veut sortir avec toi ! ») de ma copine de l'époque, Audrey, nous avons eu à peine le temps d'un cinéma (je crois qu'il préférait m'embrasser dans le noir), de quelques virées loin du centre-ville (pour ne pas être vus ensemble), de quelques heures dans sa chambre à écouter des disques et à regarder le plafond sur un lit qui n'incitait pas aux ébats avant que l'été mette fin à ce quelque chose qui n'avait pas vraiment commencé. Aujourd'hui, il est « en couple », il parade avec elle, il la sort au restaurant, il n'éprouve aucune honte à se montrer en sa compagnie, il est heureux, je crois.

Moi je suis seule. Personne ne m'attend le soir quand je rentre. Qui voudrait d'ailleurs d'une éponge essorée qui s'affale sur son canapé, n'a plus aucune tenue, comme les vêtements en tas quand ils arrivent du stock, magmas à défroisser. Qui déplie son canapé-lit, enfin même pas, puisque je ne le replie plus, il occupe tout l'espace, mon studio est un matelas géant.

Les autres ont des vies. En dehors. Quand le rideau de fer du magasin tombe, elles courent vers des amoureux, des amis, des activités, des enfants. Des choses.

Il y a Sonia qui prend des cours de théâtre et se rêve un destin d'actrice. Je suis allée la voir un soir à son cours. C'était bien. Elle m'a proposé de rester. Je joue suffisamment un rôle au magasin, je ne vais pas non plus y consacrer mes loisirs.

Il y a Christelle qui rejoint son mari parfait et ses enfants impeccables, qu'elle doit diriger d'une main de fer comme elle le fait avec nous. Ou à l'inverse qui se fait mener à la baguette et compense avec nous.

Il y a Olga qui est en fac de sciences, elle préfère les fringues aux frites de chez McDo ; au moins quand elle rentre, elle n'a pas à se bouchonner intégralement, des cheveux aux doigts de pied, pour faire disparaître l'insupportable odeur. Son amoureux patiente à la sortie. Sans avoir l'air de l'attendre, il a sa dignité. Un baiser et des doigts noués, ils repartent ensemble vers leur petit nid.

Il y a Ève qui ne parle pas, ne veut pas d'histoires, fait ses heures sans ouvrir la bouche, est spécialiste de la caisse où ses « bonjour » sont inaudibles parce qu'ils ne sont pas dits. Elle court vers une vie pleine, mais tue. On l'appelle « la vieille ». Elle a trente-neuf ans.

Il y a Roxane, qui passe son temps à dire que c'est un boulot provisoire, qu'elle a des projets, qu'elle va ouvrir sa propre boutique, il lui faut encore deux, trois mois de salaire et après elle arrête, fini d'être le larbin, elle sera son propre patron. Elle nous sert son discours depuis que je suis là, et depuis plus longtemps encore selon Sonia, et il faut s'en méfier, car elle balance tout à Christelle qu'elle prétend haïr.

Et il y a moi.

Le soir, je n'ai pas envie de rentrer tout de suite. Je traîne. Mes pieds sont lourds. Le cheval regagne lentement l'écurie. Elle ne lui fait pas envie. La paille est loin d'être fraîche. C'est d'ailleurs à moi de l'apporter. Souvent, il n'y a rien à se mettre sous la dent.

La plupart du temps, je vais voir la Sèvre. Je m'assois au bord de l'eau, sur un banc, et j'observe les enfants. Ils s'excitent de voir arriver les canards. Ils leur jettent du pain. Certains sont trop maladroits ou trop faibles, ils ne parviennent pas à envoyer le morceau dans l'eau. Et ce sont des pleurs, des colères. Comme si toute leur vie s'accrochait à cette mie qui gît sur les pavés en pente. Les parents font ce qu'ils peuvent. Ils consolent, fournissent d'autres quignons, essaient parfois d'aller récupérer le croûton inutile sur le rebord incliné. Ils peuvent y érafler un bras, y déchirer un vêtement, y mouiller une chaussure. Ils sont prêts à tous les sacrifices pour un sourire retrouvé.

Mes parents n'ont jamais décollé leur derrière du banc où ils étaient installés. Non. Mes parents ne sont jamais allés voir les canards avec moi.

Je n'aurai pas d'enfants. La lignée se terminera avec moi. Mon frère en a déjà deux. Il a transmis le nom. Nous sommes sauvés de la disparition.

Parfois, l'hiver surtout, je vais sur la place de la Brèche. J'ai un peu l'impression d'être au Capitole à Washington, je me sens monter, sur de larges marches, vers la gloire, la liberté, la réussite entre les pelouses vertes et impeccables. Puis je redescends et je m'installe sur les chaises glacées qui entourent le manège. Les enfants tournent, les parents les saluent en soufflant sur leurs doigts gourds, la vie passe en décrochant parfois le pompon pour un tour gratuit. Je souris dans les vapeurs de cacahuètes caramélisées. Elles constituent souvent mon dîner. Je crois que je choisirais l'avion si j'osais prendre un ticket. Le violet avec des paillettes. Qui monte et qui descend avec une poignée au milieu. À y regarder de plus près, c'est même un hélicoptère. Quand il atteint son sommet, il rebondit deux fois. Au sol, il fait de même. Les buts à atteindre se font par soubresauts. Ça m'irait bien.

Le vigile approche d'un pas discret aux semelles de crêpe, loin de son corps massif et savamment musclé.

— Salut, Jul ! me lance-t-il en tapant sur mon comptoir, pour m'extraire des odeurs de caramel et des avions à pistons.

— Salut, Rudy !

— RAS aujourd'hui ? À part l'autre…

— RAS, je réponds.

Voilà peut-être le résumé de ma journée, voire de ma vie. RAS. Rien à signaler. Rien qui émerge dans le long cours des jours. Pas un petit événement notable, si ce n'est une dispute, une errance, une tornade adolescente, mais qui ne sont même pas miennes. Je regarde la vie des autres depuis mon couloir, ma guérite, ma caisse parfois. Je ne participe à rien. RAS. Je vole au ras des pâquerettes.

7

Un tailleur-pantalon noir

Son cœur bat encore la chamade. Elles sont parties. C'est bon. Elle peut redescendre de son tabouret. Elle en a fini de jouer les statues. Plutôt la femme recroquevillée de Camille Claudel que le David triomphant. Elle peut respirer normalement, tranquillement, régulièrement. Comme elle a appris au yoga. Elle pose la main sur son ventre. Respiration abdominale. Elle inspire en comptant jusqu'à 9. Bloque pendant 3 secondes. Expire en 4. Bloque 3 secondes. Et inspire à nouveau.

Elle fait cet exercice avant chaque cours. Avant d'entrer en classe, elle se met dans un coin de la salle des profs et elle respire.

Elle déteste être enfermée. Elle s'assoit. Elle est en sous-vêtements. Il ne faudrait pas qu'on la trouve ainsi. Si les pompiers la ramassent avec cette culotte chair et ce vieux soutien-gorge en dentelle qui bâille, quelle honte ! Avoir toujours des dessous propres, on ne sait jamais, lui répétait sa grand-mère. Il faut absolument qu'elle se rhabille. Elle remet son chemisier qu'elle reboutonne lentement, de bas en haut. Elle se trompe, Paul avec Jacques, dimanche avec lundi. Elle recommence. Ne pas s'énerver. Se concentrer sur le boutonnage. Elle respire doucement. En rentrant le ventre. 9 – 3 – 4 – 3. Et en expirant comme dans une paille. La vague redescend. Elle sort enfin la tête de l'eau. Elle respire à nouveau correctement.

Mains sur les genoux, elle fait le point.

Elle ne s'attendait pas à ça. Déjà le lieu. Elle s'est retrouvée ici, à Niort, ville qu'elle ne connaissait pas bien, pour vivre avec Laure. Première affectation. Comme un soldat dans un régiment. La mer n'était pas si loin, elle irait le week-end à l'île de Ré ou à La Rochelle, sa peau brunirait, elle intégrerait un groupe d'enseignants sympathiques, ils joueraient au volley sur la plage, elle leur présenterait Laure, ils deviendraient tous amis, ils feraient des barbecues le week-end en buvant du rosé, une nouvelle page de l'histoire pourrait s'écrire.

Au lieu de cela, elle fait face à des classes hostiles qu'elle ne sait pas par quel bout prendre. Serrer la vis, ils disaient en formation. Il sera toujours temps de desserrer l'étau par la suite. Mais là elle n'a rien à serrer ou desserrer, il n'y a pas de bricolage à faire, elle est devant un meuble hostile, un parterre amorphe, et certains s'endorment même carrément pendant ses cours. Dès qu'elle propose une lecture ou une analyse de texte, la classe soupire de concert ou se munit de cahiers et de stylos avec mauvaise humeur dans un raffut insupportable. Les devoirs qu'elle exige ne sont pas rendus. Qui a oublié sa copie sur son bureau, qui n'a pas eu le temps, « cent pages en une semaine, madame, c'est pas possible ! », qui s'est fait déchiqueter ses feuilles par son chat ; leur imagination, invisible dans leurs productions d'écrits, fait des merveilles dans la recherche d'excuses invraisemblables. Elle en pleurerait. Elle en pleure souvent, d'ailleurs.

Elle touche ses genoux ronds. Elle est prisonnière de sa cabine. Les hyènes sont parties, mais elle a l'impression qu'elles sont encore là, dehors, et qu'elles guettent sa sortie. Elles ont flairé son odeur. Quel cirque elle a dû faire pour leur échapper ! Elle est montée sur le tabouret. Elle s'est mise debout pour qu'on ne voie pas ses jambes, qu'on ne devine pas sa présence. Comme dans les films d'espionnage où le héros se suspend en étoile de mer au-dessus des toilettes à la seule force de ses bras et de ses jambes. Elle faisait plutôt figure de héron, en équilibre sur un pied, l'autre recouvert par un vêtement, au cas où une élève irait jusqu'à regarder par-dessous le rideau. Elle est créative, ils sont peu nombreux à le savoir, mais c'est pourtant vrai. Elle a bien fait. Elle voyait les mains posées à terre (ces longs ongles manucurés bleu pailleté de Louna, elle les reconnaîtrait entre mille), une tête qui s'est glissée brièvement sous le rideau, sans avoir le temps de l'apercevoir. Elle ne respirait plus. Elle était ridicule. Si elles apprenaient qu'elle s'était terrée là, elle était définitivement foutue. Elles sauraient qu'elle avait eu peur. Heureusement, Léna avait découvert un trésor, un nouveau top sublime à paillettes. Ces hurlements ! Elle était sauvée.

Cette cabine, elle s'y cache désormais. Elle ne veut plus en sortir. C'est comme les immenses cartons dans lesquels elle se recroquevillait lorsqu'elle était petite, ceux qui servaient pour les déménagements. Pourquoi en est-elle arrivée à de telles extrêmités ? Pourquoi était-elle piégée là, dans cette posture absurde ? Ah oui, elle cherchait des vêtements.

Il lui faut une tenue où, quand elle lève les bras pour écrire au tableau, ça ne remonte pas trop haut. Personne ne lui a jamais parlé de ça pendant son année de stage. Évidemment. Et le deuxième jour, ça n'a pas loupé, il faisait chaud, elle avait mis une petite robe d'été, rien de bien extravagant, elle a levé les bras et les sifflets ont jailli. Impossible de savoir d'où ils provenaient. L'appel à la dénonciation est toujours un vaste leurre. Personne ne crache au bassinet. Quant à punir toute la classe, ce n'est pas plus efficace. Ils se tiennent tous par leur silence. Leur solidarité se révèle dans la bassesse et se renforce dans le rapport de force. Leur nombre contre sa solitude et ses doutes. Elle a abandonné.

Chaque matin, dorénavant, elle hésite devant sa garde-robe. Elle essaie ses tenues et lève les bras, comme si on la menaçait d'une arme. Laure l'observe depuis le lit, incrédule. Elle ne lui explique pas. Puis elle se retourne pour vérifier de combien de centimètres la jupe remonte et si cela reste décent. Elle aime porter des jupes et des robes. Enfin elle aimait. C'est plus confortable, moins entravant. Mais chaque matin, elle met un pantalon. Noir, large, à pinces, qui n'épouse pas ses formes, mais les floute. Et une veste, qui couvre également son derrière. Deux couches le cachent, c'est suffisant, non ? Elle est comme un cadre supérieur qui enfile invariablement le même costume pour aller travailler. Sans la cravate à ajouter qui pourrait apporter une légère variation à sa tenue. Laure lui dit malgré tout qu'elle est belle. Elle le répète si souvent que ces mots n'ont plus aucune valeur.

Les cabines d'essayage lui font penser aux toilettes du lycée. À la place des rideaux, on trouvait des portes fines en bois avec des verrous qui étaient cassés la plupart du temps. Elle se terrait là aux récréations, quand elle souhaitait se cacher, quand les émotions étaient trop fortes, quand elle avait reçu une mauvaise note, quand une copine avait fait une remarque blessante, quand elle perdait au basket, quand elle avait regardé une fille trop longtemps et que ça devenait louche. Elle s'asseyait sur la cuvette, remontait les genoux et les serrait dans ses bras, pour ne pas être visible si on se mettait à plat ventre pour l'observer par-dessous la porte. Et aujourd'hui, vingt ans après, elle en est au même point, à se cacher des autres élèves. Sauf qu'elle est leur professeur désormais…

Elle est seule dans sa petite cabine, seule avec ses soucis, seule.

Elle essaie pourtant d'établir un contact avec ses élèves, une forme de connivence. Mais ils la maintiennent à distance. On lui a parlé d'ateliers-théâtre, de sorties culturelles, du club-ciné. Elle est prête à donner de son temps, de son énergie, elle en a envie. Mais rien n'accroche. Et ses tentatives frôlent la démagogie. L'autre jour, elle a apporté des bonbons et des gâteaux, puis lancé une discussion informelle. Elle leur a demandé quel était leur personnage de fiction préféré. Ils ont donné des noms de mangas, qu'elle ignorait complètement. Elle a recentré sur la littérature. Certains, outrés, ont défendu que les mangas en faisaient partie. Plus que tous ces vieux bouquins qu'elle les forçait à lire. Une élève a levé la main. Norma. Elle l'a regardée dans les yeux et répondu Médée. Parce qu'elle tue. Ses yeux étaient perçants et haineux. Ils ont perforé son corps et ses résolutions. Elle a tenté de soutenir son regard, de ne pas céder. Mais elle a été atteinte. Et ils l'ont vu. Ils sentent l'odeur de sa peur, comme les prédateurs leur proie.

Elle renifle sous ses bras. La voilà encore dans une position invraisemblable, statue de la liberté cette fois, mais vérifiant l'état de ses aisselles. Elle a beaucoup transpiré. En dépit du déodorant, elle perçoit ce fumet tenace et âcre. Elle connaît ce relent. Ces derniers mois, elle a baigné dedans.

Tu dramatises. Tu deviens paranoïaque, lui répète Laure. Et puis tu es encore fragile.

Elle ne sait plus. Peut-être.

Elle entend un nouveau rire. Elles sont encore là, ce n'est pas possible ! Ces gamines la poursuivent, la traquent ! Elles occupent tout l'espace, tout l'air, toute la pensée.

Il faut qu'elle leur échappe ! Elle se lève et sort la tête, simplement et seulement la tête. Pour vérifier qu'elles sont bien parties. La voie semble libre. Son visage réintègre sa prison. Elle va rester ici. Elle va attendre la fermeture du magasin et se glissera dans l'ombre vers la sortie. On va l'oublier. Elle pourrait même passer la nuit ici. Non, elle aura faim. Et puis Laure se rendrait compte de son absence et se mettrait à sa recherche. Comme elle lui a dit dans quel magasin elle allait, elle atterrirait ici, ce serait ridicule. Il faut qu'elle sorte. Elle repasse la tête.

Elle tombe sur une vieille.

— Vous avez perdu quelque chose ?

Oui, elle-même. Son assurance. Sa raison d'être. Ses repères. Son envie d'exister. Un sein. Elle ne peut décemment pas répondre tout cela.

La vieille, pourtant pas bien vaillante, lui propose son aide. Elle doit vraiment paraître pathétique pour provoquer ce genre de réaction compassionnelle ! Et que pourrait faire pour elle cette ancêtre ? Toute en noir en plus ! Une veuve, il ne manquait plus que ça ! Elle attire les cas désespérés, c'est ça, son problème en fait ! La vieille sourit. Elle connaît parfaitement ce rictus, accompagné la plupart du temps d'une tête penchée. Je vous écoute, je vous comprends. Mon cul ! Personne ne peut atteindre ce nœud de détresse et de chimères qu'elle situe au-dessus de son abdomen. Mais elle peut lui être utile. Elle les a peut-être vues passer avec ses mauvais yeux. Elle va lui demander si les furies sont parties. Bon, elle a sa réponse. Elles ont vidé les lieux. Ouf. Évidemment, la vieille a minimisé, a essayé de la rassurer. Mais oui, ces jeunes filles en fleurs sont des trésors d'innocence et de pureté, elles sont la joie, la vie, le mouvement. C'est faux. Elles portent le masque de la candeur qui cache vice et perversion. Elle n'exagère rien.

Elle se sent si seule avec son diagnostic et sa colère. Même la CPE ne la croit plus. Elle a pris rendez-vous l'autre jour. Elle a été reçue très convenablement. Avec des bonbons et des gâteaux (tiens, tiens) et une tasse de Earl Grey. Mais plus elle racontait son calvaire, plus elle le nourrissait de détails et d'exemples concrets pour le rendre crédible, plus le visage de la principale se fermait, comme si un rideau recouvrait peu à peu ses oreilles, ses joues, ses yeux. Jusqu'à la rendre totalement hermétique à son mal-être.

— Madame Rousseau, je pense qu'il faut que vous preniez un peu de recul par rapport à la situation. Ce que vous me décrivez là ressemble ni plus ni moins à des réactions d'adolescents qui testent les limites. Fixez-les et vous serez tranquille.

Voilà. Merci. Au revoir. Et débrouillez-vous avec ça !

Elle ne se débrouille pas.

Pourquoi ne mettent-ils pas les miroirs dans les cabines, grands dieux ! Elle pourrait essayer tranquillement ce monceau de pantalons et de vestes noirs ! Elle n'aurait pas à sortir, se montrer, pour vérifier qu'ils la cachent parfaitement ! Pourtant, elle sait bien que si elle avait une glace là, en face d'elle, elle courrait à sa perte. Il lui arrive souvent en rentrant de cours de rester happée par son reflet dans l'entrée de son appartement. Elle plonge en elle-même et s'y noie, comme Narcisse happé par son reflet. Elle s'observe jusqu'à se perdre. Elle regarde cette femme et elle ne la trouve pas, ne la rencontre pas, elle ne s'ajuste pas avec l'idée qu'elle se fait d'elle-même. Elle avance, elle touche la surface lisse, elle recule, rien n'y fait. Ce n'est pas elle. Ce n'est pas possible. Elle n'a pas cette apparence-là. Ce corps n'est pas le sien.

Parfois, elle essaie un petit tour de passe-passe : elle ferme les yeux longtemps, elle les rouvre brutalement, et voudrait que surgisse une autre image, comme par magie. Elle reconnaîtrait quelques détails, ne changerait pas sa couleur de cheveux ni leur texture par exemple, mais ils seraient gonflés, impeccablement coiffés, ses yeux seraient plus vifs, ses cernes inexistants, pas de bajoues, un sourire étincelant, des traits détendus, une peau rosée, deux seins haut perchés, une version améliorée d'elle-même. Elle aimerait quelqu'un d'autre en face d'elle-même. Voilà. C'est fou de si peu correspondre à ce qu'on voudrait, d'être si loin de sa propre représentation, tout de même ! Elle a beau faire, son reflet ne lui coïncide jamais !

D'ailleurs elle a changé. En profondeur. Personne ne le sait, personne ne le voit. Il s'en est fallu de peu pour qu'il n'y ait plus rien à voir, d'ailleurs. Son retour à la vie devrait être joie, victoire, élan retrouvé. Un an de rémission, ça se fête, comme dit Laure ! Il n'est que nostalgie.

Ce corps, elle l'aime autant qu'elle le hait. Sans lui, elle n'existerait pas, mais il aurait pu aussi bien signer sa fin. C'est passé à un cheveu, grâce à Laure qui a senti la grosseur, par hasard. Elle est toujours là, sa cicatrice ne se distingue pas, son sein a été « rempli » à nouveau. Mais elle sait. Que la machine peut s'enrayer à tout moment, que la mélasse de sang et de chair peut trahir, que se tiennent, au repos, tapies dans l'ombre, attendant l'heure propice, des cellules qui ne demandent qu'à muter.

Ses élèves sont des cellules. Vivantes, actives, mais qui camouflent le fléau et peuvent le propager à une vitesse incroyable. Face à sa classe, c'est exactement ce qu'elle ressent.

Son corps est *séma* et *sêma*, signe et tombeau, appel vers l'ailleurs et immobilité de la mort. Elle a fait du grec. Beaucoup. C'était même sa matière préférée. Mais à quoi ça lui sert aujourd'hui ? Elle n'y trouve même pas quelques résidus de sagesse, de philosophie, de stoïcisme. Aucune arme valable pour affronter une horde d'ados détestables.

Elle s'est battue comme une lionne contre la maladie, elle cède devant trois gazelles bruyantes et agressives. C'est absurde.

Elle prend tous les vêtements noirs entre ses deux bras guéris, sort de la cabine en trombe, dépose son paquet sur la guérite et s'en va comme une voleuse. Dans la rue, elle se rend compte qu'elle a encore la plaquette avec le nombre d'articles à la main. Tant pis.

Numéro cinq.

8
Uniforme

Encore une qui me prend pour son larbin ! Et qui me dépose son paquet de vêtements en gros tas sur le comptoir, comme une énorme pelote de laine dont je dois démêler les fils. Comme un jeu de Mikado où je tire chaque tige sans trop faire bouger et abîmer les autres. Comme le contenu d'une corbeille de linge sale que je dois trier par couleurs et tissus pour lancer des machines et des programmes adéquats.

Quand certaines clientes abandonnent l'ensemble des effets qu'elles ne prennent pas d'un geste ample sur ma guérite, je pense toujours à Miranda dans *Le diable s'habille en Prada* qui, tous les matins, se déleste de sa lourde fourrure et de son sac à main immense sur le bureau de son assistante, comme un chasseur jette sa pièce de gibier au centre de ses congénères affamés. Et voilà le butin ! Dépecez-moi tout ça ! Évaluez-moi ceci, rangez-moi le reste !

Le pire, c'est qu'il doit y en avoir tout autant dans la cabine. Cinq articles, mon œil ! Elle a dû au moins en prendre le double ou le triple. Ce devait être Roxane au comptage ! Autant elle est tout le temps sur notre dos pour rapporter les erreurs des vendeuses, autant avec les clientes, elle laisse faire.

Passer dans une cabine après une cliente est toujours une surprise. Celles qui laissent la place comme elles l'ont trouvée sont rares. Un peu comme aux toilettes. D'ailleurs certaines s'y soulagent, celles qui en général ont demandé où étaient les commodités et auxquelles on a répondu qu'il n'y en avait pas. Faut réussir à faire ses besoins sur la moquette, quand même ! Eh bien, quelques-unes y parviennent, chapeau, mesdames ! Et merci pour nous ! Dans ces cas-là, il faut appeler Gisèle, la femme de ménage, pardon, l'agente d'entretien. Il y a toujours plus bas que soi, plus larbin, plus exploité dans l'échelle sociale, c'est ça qui est merveilleux. Gisèle est au rez-de-chaussée. Elle est sollicitée pour exécuter ce que personne ne veut faire. Donc, quand quelqu'un a « souillé » une cabine, quand un enfant a vomi par terre, c'est pour Gisèle. Qui arrive avec son seau et son balai, et son visage illisible.

Moi, je nettoie moi-même. Je ne vois pas pourquoi ce serait toujours à la même de s'occuper de toute la merde et seulement de la merde. Pourquoi je devrais reproduire ce foutu schéma d'exploitation.

Je rentre dans la cabine avec précaution. J'ai de la chance, il n'y a que des fringues en tas. Ha, et des mouchoirs sales ! Elle a dû pleurer, celle-là ! Et s'éponger les aisselles aussi, ça ne sent pas que l'eau salée ! Bon, c'est un moindre mal ! Je vais mettre un coup de désodorisant là-dedans et ça ira bien pour la suivante.

Quand j'étais ado, dans ma chambre, je rangeais déjà tout. Ma bibliothèque obéissait au double classement par auteur et par éditeur. Mes chaussettes étaient alignées dans une boîte à chaussures rouge. Mes culottes aussi, verticalement, pliées en trois, côtés et fond rabattus, dans une boîte bleue. Je faisais mon lit chaque matin. Je remettais les vinyles dans leur pochette après chaque écoute.

Je fermais les tubes de dentifrice, j'ôtais les cheveux de la brosse, je rinçais le lavabo. J'avais besoin d'un environnement propre, stable, rangé, maîtrisé. C'était tellement le chaos à l'intérieur.

Cela désolait ma mère plutôt que de la ravir.

J'ai compris très vite que quoi que je fasse, j'allais la consterner. Elle gémissait devant les autres mères de mon excès d'ordre, quand elles se plaignaient toutes d'avoir à ranger des taudis, une pince à linge sur le nez.

À l'entretien d'embauche, je l'ai dit à Christelle d'ailleurs : « J'ai toujours aimé ranger ma chambre. » Je ne pouvais pas revendiquer une expérience dans la vente longue comme le bras ou même comme la dernière phalange du petit doigt, alors j'ai sorti ma carte-atout, enfin je l'espérais. Et pour la première fois, j'ai remporté la mise. Christelle a souri, le poste était pour moi.

Je retourne à mon comptoir et je désemmêle, défroisse, plie ou remets sur cintres. J'aimerais qu'on m'explique pourquoi tous ces vêtements noirs alors qu'il y a tant de couleurs. Il faudra qu'on me convainque que c'est vraiment plus élégant. Au nom de quoi ? Qui décide que mon T-shirt jaune est vulgaire et impossible ?

Ces vestes et ces pantalons se ressemblent tous. Je regarde l'étiquette pour savoir la sous-marque et les placer sur le bon portant qui ira dans le bon rayon. Et dire que cette femme avait le choix entre des tas de formes, de coupes, de couleurs et qu'elle prend un ensemble pantalon-veste noir ! Nous, encore, on est obligées, mais elle ?

Nous avons un uniforme. Un pantalon noir, un T-shirt blanc et une veste noire. Un mélange entre le garçon de café et la femme d'affaires. Cette tenue nous rend semblables

les unes aux autres et indissociables. Nous sommes la petite armée des vendeuses. Chaque soldat peut monter au front pour y remplacer un autre. Dans son équipement fourni par l'armée. Mais chacune a sa façon bien particulière de le porter. J'ai si peu de formes que cette veste est bien trop large et je serre la ceinture au dernier cran pour que mon pantalon tienne à ma taille. On dirait que je suis déguisée, perdue dans un costume surdimensionné. Les jours où je m'apitoie sur moi-même, je pense que cet uniforme est à l'image de ma vie : trop grand pour moi. Je flotte dedans. Les autres jours, je regarde mes collègues et je me dis que ce truc ne va à personne. Il moule certaines aux cuisses et aux bras. Il cisaille des ventres, serre des fesses, entrave des mouvements. Et cette longueur de manches et de jambes ! Invraisemblable ! Toutes nous remontons, tourne-bouchonnons, enroulons les manches, nous coupons, agrafons, mettons des trombones pour les jambes. Les plus habiles et les plus élégantes font des ourlets. Ce que j'ai fait. Pour moi et celles qui me l'ont demandé.

J'aime bien. La couture m'apaise. J'ai appris avec ma grand-mère. Nous faisions des habits de poupée au début. Elle ne s'énervait jamais. Pourtant, quand j'ai commencé, j'étais si maladroite et si tendue que mes doigts transpiraient et que je faisais rouiller les aiguilles ! Elle n'avait jamais vu ça. Elle en riait. Et quand les premiers habits sortaient de mes doigts malhabiles, mal coupés, mal assemblés, de travers, avec des manches à des hauteurs impraticables, des boutons qu'on ne pouvait faire correspondre aux boutonnières, des jambes qui remontaient au nombril, des plis totalement irréguliers, elle riait encore. Nous défaisions et refaisions, tranquillement. On apprenait de ses erreurs. Aujourd'hui encore, dès que je sors la boîte à couture aux mille bobines de fil qu'elle m'a laissée, j'entends sa voix patiente et son rire tonitruant, se moquant des critiques sur nos activités d'un autre temps qui asservissaient les femmes et les cantonnaient à des travaux d'aiguille entre la préparation des repas, les lessives et les couches à changer. Les ourlets de mon uniforme me replongent dans cette période calme et insouciante.

Une cliente arrive, pressée. Elle voudrait que je compte plus rapidement ses articles. Elle a mis des vêtements faciles à ôter pour un essayage rapide et efficace : legging et gilets à pression. Elle trépigne. Que fera-t-elle des quelques minutes qu'elle aura gagnées ici ?

Nous encaissons à tout moment le stress des clientes avant que d'encaisser leur argent. Nous, les anonymes en costumes noirs, cheveux attachés, maquillage discret, pas de parfum. Si l'une de nous s'en va, craque, on ne le remarque même pas. Anonymes, invisibles, permutable. Une main-d'œuvre corvéable et interchangeable. Une ruche aux centaines d'ouvrières dont le bourdonnement sourd assure la récolte du miel. À l'exploitation lointaine d'enfants et de femmes qui coupent, cousent, empaquettent répond notre asservissement ici qui dépaquette, expose, vend.

Ce boulot m'a définitivement dégoûtée des fringues. Déjà que je n'étais pas beaucoup portée sur la chose, aujourd'hui, je suis vaccinée. Et l'uniforme m'arrange bien, je pourrais le porter tout le temps, et même dormir avec. Au début, j'avoue, je me ruais sur les ventes au personnel. Je me constituais une nouvelle garde-robe à peu de frais, j'en faisais profiter les copines, j'accumulais des cadeaux pour les Noëls et les anniversaires. Les gens étaient contents. Et ça ne me coûtait pas cher. Ce sac à 10 balles au lieu de 80 quand même. Et puis ce look complet pour 20 euros, super ! Mais après, c'est devenu la routine. Au point d'avoir des réflexions du type : « Bon ben, évidemment, le cadeau de Juliette, ce sont des fringues, hein ! » Et ça faisait rire tout le monde. Alors j'ai arrêté. Et on me le reproche également : « Ben tu es venue les mains vides ? C'est pas cool, ça ! » Les injonctions contradictoires, les gens en sont friands !

— Ça va, la miss ? Encore perdue dans tes pensées ? C'est à quelle heure, ta pause ?

Sonia arrive de la caisse, même tenue que moi, mais porté si différemment qu'on a l'impression d'être Laurel et Hardy. Comme elle l'explique, elle n'est pas taillée pour le prêt-à-porter. Son corps ne rentre dans aucune case. Enfin surtout ses hanches. Et sa taille est trop fine. Quand ça passe en bas, ça bâille en haut, quand ça tient en haut, ça ne rentre pas en bas. Telle est son équation. Elle ne s'habille qu'en friperie, où elle trouve des vêtements pour des femmes qui ont été ou sont comme elle, des corps trop, des corps à peu près, des corps pas comme il faut.

— Dans 20 minutes, je lui réponds.

— OK, moi aussi. J'ai tellement de choses à te raconter ! Hier le théâtre c'était dingue !

Elle sautille d'excitation. Nous ne sommes pas si remplaçables que ça finalement.

9

Rien pour moi, merci !

Sa fille ne veut plus qu'elle la voie nue ou même en sous-vêtements. Elle voudrait que tout le monde la remarque, mais que sa mère l'observe, c'est impossible. Elle a fait sa connaissance dans le plus simple appareil, pourtant. Elle a même été la première personne à le faire. Tout cela ne compte pas. Leurs années de complicité se sont envolées un beau matin, elle ne sait pas pourquoi. Elle n'a rien vu venir. Soudain, elle est devenue l'ennemie, alors qu'elle était la tendresse, le câlin, la confidence.

Elle savait tout d'elle. Elle écoutait des heures durant les récits tortueux et inefficaces des amitiés contrariées, des professeurs incompétents, des matchs de volley à rebondissements. Puis les dîners sont devenus muets. Elle a quêté les informations par des petites questions gentilles, a appelé l'anecdote par des monologues enthousiastes écoutés d'une oreille apitoyée, puis a fini par mettre la radio. Elle tient aux repas partagés, à ce rendez-vous journalier à 19 heures. « T'as des origines allemandes pour qu'on dîne comme ça avec les poules ? Qui a faim à 19 heures ? Sérieux ! » Elle, qui déjeune à midi à la cantine de son entreprise, qui a faim à 18 heures, même ; dîner tôt est bon pour la santé et permet de passer une bonne nuit. Voilà ce qu'elle lui répond dans sa tête. Dans la réalité, elle encaisse un uppercut violent sans vaciller, en attendant le suivant.

Le ton est toujours désagréable, la remarque immanquablement acerbe, le commentaire invariablement désobligeant. Il faut tenir, madame. Vous êtes son référent féminin, elle fait ses griffes sur vous.

Elle n'est pas un arbre à chats. Ou un sac de boxe.

Les seuls moments où elle la sent heureuse, ou du moins de bonne disposition à ses côtés, sont ces séances de shopping. Alors elle l'emmène souvent, très souvent, beaucoup trop souvent par rapport à ce que ses finances permettent. Ce n'est pas ainsi qu'elle voulait l'élever. Ce ne sont pas les valeurs qu'elle désirait transmettre. L'épanouissement d'une femme ne passe pas par le soin de l'apparence et la consommation. Mais elle en est réduite à renier ses convictions pour ces quelques heures de complicité et un bisou quand elle sortira sa carte bleue. Elle donnerait tout ce qu'elle a pour un petit retour en arrière, au temps de la connivence et des fous rires partagés, de la petite main qu'enrobait la sienne, du nez perdu dans des cheveux doux, des éclaboussures dans la baignoire, de la transparence, de l'étonnement de se découvrir mère et fille.

Elle a embarqué tellement de choses à essayer ! On ne la voit plus derrière sa pile. Elles ont doublé la mise puisqu'elle a aussi pris cinq articles pour que sa fille puisse les passer également. Elle reste à l'extérieur de la cabine et s'assoit sur le banc, attendant que le rideau s'ouvre et se ferme, avec grâce ou énervement, elle ne peut jamais l'anticiper. Les humeurs changent comme un ciel d'orage. Les soleils apparaissent après les ondées. Les sourires fleurissent une fois les portes claquées.

Elle entraperçoit le corps svelte qui quitte un pantalon ample et se retrouve en petite culotte. Elle détourne vite la tête. Il ne faudrait pas qu'elle se rende compte qu'elle a été regardée. Elle déteste ça. Le verrou dans la salle de bains est apparu en même temps que la prise de distance.

Aussi fou que cela paraisse, elle a été aussi cette adolescente idéaliste et agressive, au corps longiligne et gracieux. Le même corps que sa fille, exactement. Il ne faut surtout pas qu'elle le lui dise. Et ce corps, elle ne l'aimait pas. Elle le cachait sous des pulls de camionneur et des jeans empruntés à son frère. Elle voulait des seins, moins de poils, des yeux verts et une peau saine. Et ces éléments manquants occupaient tous ses jugements et l'empêchaient de voir le reste, qui était bien. Elle le constate aujourd'hui sur les photos d'époque. Jolie même, quand on la photographiait par surprise et qu'elle n'avait pas le temps de se composer cette figure contrariée ou de mettre ses mains devant son visage. Il en sera ainsi toute sa vie durant. Elle s'aime avec cinq ans de retard. Quand elle se revoit. Elle se trouve belle seulement dans un rétroviseur. Elle s'apprécie à contretemps. Sans parvenir à se dire : aime-toi maintenant, tout de suite, sans attendre d'exhumer des photos.

— Viens voir ! Magne !

Elle lui donne des ordres à présent. La mère est au garde-à-vous, guettant une autorisation aboyée, une ouverture vers une éventuelle conversation, ou plutôt un monologue. Car certains soirs, les vannes s'ouvrent et le récit s'écoule en passant par-dessus tous les barrages. Elle se contente alors de recueillir un peu d'eau et de mettre à jour les informations qu'elle récolte sur sa fille. Ces salves sont éphémères, et suivies de plusieurs jours de silence. Mais elles existent malgré tout.

Elle passe sa tête à l'intérieur de la cabine.

Lou se maquille plus que de raison. Ses yeux sont noirs. Elle a l'air de l'observer depuis ses profondeurs. Et de condamner sans appel son interlocutrice. Ses cils sont infinis et en paquets. Sa bouche est si rouge. Ses cheveux si noirs. Elle n'ose pas dire qu'elle n'a besoin d'aucun produit, aucune exagération pour mettre en valeur ce qui existe si magnifiquement à l'état naturel. Elle sait que le maquillage est un masque, une défense contre ce monde dont elle attend tout et qui lui donne si peu.

Quand elle danse, elle est dépouillée de tous ces artifices. Sans bijoux, sans cheveux pendants, sans khôl outrancier. Quand elle danse, elle la préfère. Elle est plus proche de ce qu'elle voudrait qu'elle soit, de l'enfance. Mais ce n'est pas ainsi qu'il faut envisager les choses. Elle doit apprendre à la laisser grandir.

Son adolescence n'a pas été non plus une promenade tranquille. Sa mère lui rappelle à l'occasion qu'elle a rué dans les brancards, affirmé qu'elle aurait une vie différente, pas aussi pourrie que la sienne, qu'il était hors de question qu'elle se conforme au modèle bourgeois d'une femme au foyer élevant ses enfants pendant que le mari travaillait, voyageait, rencontrait du monde, qu'elle ne lâcherait rien, ne renoncerait jamais, pour ne pas devenir celle qu'elle avait sous les yeux chaque jour et qu'elle ne pouvait plus voir en peinture, qu'on est ce qu'on se fait selon le philosophe myope qu'elle découvrait alors et qu'elle accomplirait de grandes choses comme Simone, la compagne du philosophe myope. Vivement les dix-huit ans et la fin du bagne ! Elle a donc été violente et injuste elle aussi, il est presque normal qu'elle paye aujourd'hui et subisse ces mêmes mauvais procès.

Sa fille se tourne et se retourne, prend des attitudes, gagne le miroir d'un pas vainqueur et méprisant, refait des poses et revient. Elle ne bouge pas, surveille les sacs dans la cabine.

— Hideux ! Ça boudine ! Next !

C'est faux. Mais elle n'ose pas la contredire. Elle ne supporte aucune remarque, aucun reproche. De toute façon toi, t'es la mère parfaite et t'étais la fille parfaite. Première de la classe, piano, danse, zéro ami, une *no life*. Et moi je suis nulle, pas à ta hauteur, laisse tomber, j'ai compris.

C'est faux. Parfaite, elle, allons bon ! Qui sortait avec plusieurs garçons en même temps et n'arrivait pas à choisir ? Qui volait des collants au Monoprix ? Qui trichait pendant les contrôles d'allemand ? Qui séchait certains cours et allait jouer au baby-foot ? Qui mentait et disait qu'elle allait dormir chez une copine ? Qui a commencé à fumer en première ? Avant d'être mère, elle a vécu. Avant d'être sa mère, elle était quelqu'un. Elle était cette fille-là et ne le lui dira pas. Elle est devenue cette femme-là, peureuse, inquiète, angoissée, malhabile, et elle ne le saura pas. Elle a un statut, une image à maintenir contre vents et marées. Chacun joue sa partition finalement, celle des générations qui se succèdent sans se comprendre, la mère inactuelle et bornée, contre l'ado rebelle et méprisante. Mais elle aimerait de temps en temps rendre son costume et que sa fille abandonne le sien.

Elle ressort avec un crop top. Ses seins sont hauts et ronds et tiennent tout seuls comme des jeunes collines. Son ventre est plat, impeccable, blanc. Elle devrait pouvoir le montrer à qui elle veut, à tous même, mais comment s'empêcher de lui rappeler que ces tenues dénudantes sont dangereuses pour elle. Elle s'en veut au moment même de prononcer ces mots : trop court, nombril visible, quelques centimètres de tissu manquants. Le rideau est refermé avec rage.

Sa peau à elle commence à dégringoler. Les seins descendent, des bouillottes à moitié vides dont le liquide pèse. Les soutiens-gorge pigeonnants font office d'ascenseurs. Le ventre s'affaisse en un petit surplus qui se déverse au-dessus des pantalons, des ceintures, des collants. Elle parvient à le contenir dans des jeans près du corps, mais dès qu'elle se déshabille, le trop-plein se libère et se donne à voir, comme un gâteau qui sort de son moule quand on le cuit. Une petite montagne, qui est apparue, là, blanche et adipeuse, entre les côtes et le pubis, en lieu et place d'une surface plane, et même d'une cuvette quand elle s'allongeait autrefois sur le dos. Une nouvelle géographie corporelle a pris forme avec sa chair. Pourquoi combattre ? Sa mère lui a montré ce qui l'attend. À la quarantaine, puis à la cinquantaine, et aujourd'hui alors qu'elle accoste au port des soixante-quinze ans. Un corps qui dévale.

C'est curieux cette hypocrisie permanente qui invisibilise les corps mûrs. Il faut être en forme, se maintenir, s'entretenir, arrêter de fumer, de manger gras, pour vivre le plus longtemps possible et pourtant, ces corps appelés à une plus longue vie, vieillissants, qu'on a gardés en état de marche avec un soin et une attention méticuleux, que les progrès de la médecine laissent s'épanouir dans un meilleur confort, disparaissent du paysage. Où sont ces carcasses si bien entretenues ? Dans quelles pages de magazine ? Sur quels murs de la ville ? Dans quels spots publicitaires ? À quoi servent tous ces tracas s'ils sont si peu visibles ? Que deviennent ces silhouettes qu'on a amaigries, défroissées, musclées ? Les corps âgés n'existent pas. Elle regarde depuis son banc les femmes qui vont et viennent dans les cabines. Aucune dame âgée ne se promène. Que des femmes mûres comme elle ou des adolescentes. Elle est jeune encore, qu'elle se le dise !

Au lit, elle l'admet parfois, quand le type prend le temps d'un compliment, quand peut-être il voudrait un deuxième rendez-vous. Mais ces expériences sont d'un soir. Elle redoute les attachements. Elle attend que sa fille aille en week-end chez son père. En semaine, elle va chez eux. Elle en repart à minuit ; elle prétend à sa fille qu'elle a chorale alors qu'elle déteste chanter, même sous la douche. Le son de sa propre voix lui est si désagréable.

Une femme enceinte passe devant elle, celle-là même qui les a doublées tout à l'heure dans la queue. La grossesse donne des privilèges que la maternité ôte. Cette femme avec son ventre la toise et pense certainement qu'elle fera bien mieux avec son enfant. Elle le lui souhaite.

D'un coup elle n'en peut plus. Il faut qu'elle sorte. Cela lui arrive souvent, comme si le réel s'approchait trop d'elle, l'enserrait de ses multiples tentacules, l'oppressait. Elle quitte des réunions, des déjeuners, des cinémas, des supermarchés. Elle étouffe. Elle passe devant une vendeuse qui lui sourit :

— Je reviens, j'ai besoin d'air.

— Pas de problème, lui répond la jeune femme.

Elle traverse le magasin au pas de course. Elles doivent être nombreuses à ne plus supporter au bout d'un certain temps cette profusion de vêtements, ces collections qui se déclinent à l'infini, ces kilos de fringues qui finissent dans des décharges à ciel ouvert quelque part en Afrique, elle a vu un reportage là-dessus l'autre jour. Les portes s'ouvrent devant elle, le vigile la laisse passer, l'air frais lui fait du bien. Elle le respire au goulot. Elle regarde les passants dans la rue piétonne de cette ville où elle a grandi. Elle s'en grillerait bien une petite dehors, mais elle sentirait le tabac en y retournant et son ado a un nez redoutable. Le sien ne l'est pas moins. Elle a cherché l'autre jour, truffe en avant, d'où provenait cette odeur de tabac froid qu'elle percevait dans la salle de bains, puis a fini par trouver au fond de la panière à linge sale un vêtement technique de sport de Lou imbibé. Elle ne savait pas quoi en faire. Sa fille fume. Elle lui a pourtant juré le contraire. Promis même. Sa fille lui ment. Preuve en main, son ventre est descendu d'un étage, dans une sorte de décompression fulgurante. La confiance a dévalé sans sommation. Elle a tu sa déception. Le lendemain, au travail, elle en a parlé à sa collègue qui lui a ri au nez : évidemment qu'ils nous mentent ! Et tout le monde fume à quinze ans, ce n'est pas un drame. Elle l'a pourtant vécu comme tel. Elle s'est souvenue des petits pots faits maison, des heures à veiller, des écharpes nouées, de l'écran total étalé, de l'éosine sur les boutons de varicelle, de tous ces soins prodigués depuis l'enfance balayés par des poumons qu'on encrassait régulièrement et sans vergogne. Elle en était vraiment malade.

Il faut qu'elle y retourne. Elle refait le trajet dans le sens inverse, plus sereine. Elle prendrait bien ce petit haut bleu ciel qui irait à Lou parfaitement et l'adoucirait. Mais elle s'abstient. Elle va encore se faire envoyer sur les roses.

Elle rejoint les cabines les mains vides et reprend la place qu'elle a laissée quelques minutes.

Les cabines d'essayage lui font penser à des cabines de plage où elles vont l'été en vacances. Elles s'alignent contre un muret, face à l'océan, petites bicoques blanches et numérotées aux toits pentus, où chaque propriétaire tente d'afficher son originalité par un trait de peinture coloré, un nom ajouté, une petite fenêtre ouvragée. On monte les trois marches du petit escalier en bois, on débloque le verrou, on y pénètre dans l'obscurité, on se change à la va-vite, on sort les jouets et les transats. L'été dernier, sa fille est entrée sans faire attention. Elle enfilait son maillot, elle l'avait vue nue, sa chair qui dégoulinait, sa peau si blanche qui ruisselait en bourrelets. Elles avaient hurlé de concert, aussi surprises l'une que l'autre. Et n'en avaient jamais reparlé. Les cris avaient remplacé les mots.

— T'étais où, putain ?

Son ado l'accueille avec des mots doux. Elle se contente de sourire. Elle n'était pas bien loin, pas de quoi s'inquiéter. Elle porte une tenue complète, jean aux jambes larges et sweat à capuche vert d'eau. Elle est magnifique.

— On les prend, maman, dis, on les prend ? C'est trop beau l'ensemble !

Le ton est suppliant, comme s'il s'agissait d'une question vitale. Comme si un refus conduisait à l'anéantissement.

— Bien sûr qu'on les prend ! répond-elle.

Le sourire qui accompagne cette réponse positive vaut toutes les contrariétés, moues, disputes, bouderies, portes claquées.

— T'essaies rien, toi ?

Non, elle n'essaie rien.

10
Un maillot de bain

Encore une qui n'en peut plus et court vers la sortie. Au bout d'un moment, les gens saturent. Et puis les cabines sont faites pour qu'on n'y reste pas trop longtemps. La chaleur, la lumière directe, la promiscuité rendent les essayages inconfortables. Et ces quantités de vêtements qui font perdre la tête, à ne plus savoir ce qu'on veut, pourquoi on est venu, ce dont on a besoin, ce qui fait plaisir…

Et encore, elles n'ont pas vu la réserve : ces cartons de fringues qui arrivent tous les jours ! Qui sont jetés sans égard par des livreurs pressés ! Qu'on empile en tours branlantes pour se faire un passage. Et qu'on finit par ouvrir au cutter pour les mettre en rayons ! Je déteste cette corvée. C'est le moment où je sens de la façon la plus aiguë l'absurdité de mon travail et son lien avec la société de consommation que je hais et qui me fait vivre. Tous ces vêtements alors qu'on a besoin de quatre trucs sur le dos tous les jours pour être vêtu et ne pas souffrir du froid. Tout ce tissu pour envoyer les signaux indispensables et témoigner du fait que j'ai compris les codes, je m'habille comme il faut, incorporez-moi dans votre groupe, j'ai tout acheté pour en faire partie, j'ai la panoplie. Alors qu'il suffit d'être humain pour avoir sa place.

Je suis ivre de ces marchandises, saturée, comme une cuite quotidienne qui donne la nausée puis fait vomir. Je brasse, je range, je mets sur cintre, j'encaisse avec une bile âcre dans l'œsophage.

Elle redescend parfois. Quand je rencontre les clients. Quand j'échange avec eux. Quand il se passe quelque chose, même d'infime, avec quelqu'un.

Je ne connais pas ces gens qui sont pour quelques heures dans le magasin. Ils passent. Ils traversent, s'attardent, disparaissent. Je les côtoie dix minutes maximum. Et pourtant, ils m'offrent tous quelque chose de précieux, leur vulnérabilité. En dessous de la laine, du coton, du lin, du synthétique, il y a ces corps, la détresse de les voir si inadéquats, le désir de les arranger, de les faire paraître à leur avantage, et ces efforts me touchent infiniment. Ils donnent à voir, dans l'espace restreint de leur cabine d'essayage, les faiblesses que leurs futurs achats cacheront aux autres. Dans le court instant de l'essayage, ils s'essaient précisément à porter beau quand ils ne portent encore rien. Ils sont à l'image du lieu dans lequel ils se débattent, cabines à peine protégées par un rideau anecdotique, ouvertes, fragiles. Des fontanelles qu'un coup violent pourrait percer, provoquant la catastrophe. C'est pour cela que je pèse mes mots, que j'enrobe mes commentaires, que je questionne plus que je n'affirme, que j'oriente plus que je n'impose, que j'écoute, surtout.

Ces cabines d'essayage me font toujours penser aux cabines de piscine. Chacun y entre habillé, avec une certaine superbe, et chacun en ressort avec un maillot moche, un corps blanc, un bonnet qui tire les traits et déséquilibre le visage, le changeant en ovale nu, sans la présence rassurante et chauffante des cheveux, des pieds trop grands, des poils mal placés. On rase les murs, on marche vite et à petits pas, on évite les regards, on fonce à la douche puis au grand bassin, comme ici ils filent droit vers le miroir du fond et son cruel verdict. Et parfois, ils me trouvent sur leur route et, en bon maître nageur, j'essaie de les rassurer.

Ces rencontres éphémères, ces tranches de vie, ces saynètes parfois sans paroles sont ma raison d'exister, même si ces mots sont grandiloquents. Ma vraie vie est ici, c'est assez bizarre à comprendre, mais c'est vrai. Je n'ai pas de rapports humains profonds et durables, pas d'amis, une famille lointaine, des collègues chaleureux (enfin pas tous), mais distants que je ne vois jamais en dehors des heures de travail. Seulement ces clients, abstraits pour d'autres, concrets pour moi puisque je vois leurs corps comme personne. Et ce ballet maladroit sur fond de cache-cache, de dérobade, d'achats réfléchis ou intempestifs constitue mes journées, les remplit, leur donne du sens, dans un magasin quelconque régi par une logique mercantile répugnante.

Je ne suis pas en attente de quelque chose, un amoureux, une amie, une carrière, un avenir, je suis dans le présent de ces cabines, au four, au moulin, au pliage, au défroissage, au rangement, à la robe, au pantalon, à l'adolescente, à sa mère, à la veuve, à la furie. Je n'ai plus rien à prouver à personne, ni à moi-même ni aux autres, je suis dans un présent où chaque être est ramené à sa réalité la plus nue, je suis adulte.

11
Le même en taille XS

La pauvre, non, mais vraiment, ces trucs qu'elle porte ! Ces jeans qui lui serrent le bide et qui ont une coupe toute droite ! Plus personne ne s'habille comme ça ! Ça n'a jamais été à la mode, ça ne le sera jamais ! Ça lui fait un cul atroce, gros, flottant, et des jambes petites, ratatinées, ça ne la met pas du tout en valeur !

Pourtant, avant, elle avait du goût. Elle a retrouvé chez son père certains vêtements à elle dans une caisse avec écrit dessus : pour mes filles. À garder. Et franchement, y a des vêtements stylés. D'ailleurs, quand ses copines lui demandent d'où ça vient, elle répond : « Sorry, les filles, c'est du vintage, c'était à ma reum. » Comme ça, elle est sûre que personne d'autre ne les aura, c'est sûr. C'est bien sa daronne, ça, de tout conserver en prévision du jour où peut-être elle aura des filles. D'abord, elle n'en a eu qu'une. Et ça aurait aussi bien pu être un garçon, y avait une chance sur deux. En plus, la mode pouvait changer et les habits s'abîmer. C'est tellement sa mère, ça, anticiper des semaines à l'avance, là des années à l'avance, s'organiser, prévoir, savoir en janvier où tu pars en août prochain, faire tes devoirs le dimanche pour le vendredi suivant ; s'organiser, Lou, s'organiser, c'est le maître-mot.

Ben non ! Le maître-mot, c'est vivre et profiter de l'instant présent, ce qu'elle n'a jamais su faire, et voilà où elle en est aujourd'hui. Dans ce pantalon pourri ! À attendre sur un banc ! Comme les vieilles dans les parcs ! À être au spectacle sans participer à rien ! Mais là, mais non, mais sérieux, ce jean, mais c'est trop moche ! Elle a vraiment tout perdu en vieillissant !

Elle la gêne là à surveiller sa cabine comme un chien de garde ! Elle ne comprend pas qu'elle a grandi ? Qu'elle ne veut plus qu'elle s'occupe de ses affaires ? Qu'elle a sa vie ! En plus, elle ne comprend rien à rien. Elle confond les prénoms de toutes ses copines. Soi-disant qu'elles ont toutes un prénom « dissyllabique qui se termine en – a ». Mais qui parle comme ça, sérieusement ! Elle défend toujours les profs, même les gros connards sexistes ! Elle ne sait rien de ce qui se fait, de ce qui se porte, de ce qui s'écoute ! Elle est branchée à France Inter, elle adore les podcasts, elle met encore des CD ! Au secours ! Elle vit avec la femme de Néandertal ! Elle dit même TocToc pour TikTok, la honte ! Et ça la fait rire toute seule ! Pathétique !

Bon, le truc qui est pas mal avec une mère pareille, c'est qu'elle te fait des devoirs de français top ! La dernière fois, sur *L'Écrivain* de Yasmina Khadra, limite en parcourant la fiche de lecture qu'elle avait rédigée en quelques heures, elle lui a donné envie de le lire. Et puis elle écrit trop bien comme une ado. Elle l'imite super bien en fait. C'est vrai que ça donne des super bonnes notes, et puis elle peut aider les copines. Bon, elle ne leur lit pas les phrases telles quelles, faut pas exagérer non plus, mais elle leur fournit l'idée générale. Dans le fond, elle est trop d'accord avec elle, avec ce qu'elle pense du texte, ce père qui abandonne son fils, et puis après qui vire sa femme pour en reprendre une autre, elle a trouvé ça dégueulasse. D'ailleurs, quand sa mère parle d'un livre, elle aime bien.

Elle lit énormément. Ça aussi, qui lit comme ça aujourd'hui ? Sérieusement ? Trois livres par semaine ! Qui a le temps de faire ça ! C'est une *no life*, en fait. Elle se réfugie dans la littérature parce que dans sa vie, il ne se passe plus rien. Elle a quitté son père et depuis zéro, personne, pas un mec de passage, pas de virées entre copines, rien. Elle est tout le temps à la maison, scotchée à son canapé ! Elle n'imagine pas qu'elle ait une vie de débauche à picoler et sortir avec des mecs le week-end où elle n'a pas sa fille, non, elle n'y croit pas du tout. Sa seule distraction, c'est la chorale ! Sérieusement, la chorale ! Où il n'y a quasiment pas de mecs, que des vieilles filles frustrées qui chantent super-aigu, c'est horrible !

En plus, là, y a des filles du collège qui doivent venir dans ce magasin ce matin, elle les a entendues à la récré. C'est la bande de Léna, juste la fille la plus cool, la plus belle, la plus tout ! Et si elle sait qu'elle fait du shopping avec sa mère, sa réputation est morte ! Personne ne supporte ça ! Elles y vont ensemble, en bande, normal ! D'un autre côté, elle ne veut pas lui prêter sa carte bleue, alors comment elle se débrouille ? Elle est bien obligée de l'emmener, du coup, puisque c'est elle qui paye. D'ailleurs, elle paye tout, elle est super-généreuse, elle ne dit presque jamais non, et vu qu'elle a un salaire de merde, qu'elle se fait exploiter, que quand elle demande une augmentation, elle ne l'obtient pas, elle devrait lui refuser des trucs parfois quand elle abuse. Elle donne tout à tout le monde, elle se fait avoir, ce n'est pas possible. Et avec son principe à la con, qu'il faut donner une fois par jour aux gens qui mendient dans la rue, genre un devoir de générosité, elle ne va jamais s'en sortir.

Bon, elle se bat, elle doit lui reconnaître ça ! Elle ne lâche rien. Mais seulement quand c'est pour les autres. Elle est au CSE de son entreprise, et elle défend les salariés. Le soir elle raconte. Là, elle s'y prend bien. Un vrai pitbull. Dans le cas de harcèlement, elle a fait du super boulot. Genre le gars il se croyait tout permis, il embêtait la fille tous les jours, il avait récupéré son numéro de portable et il lui envoyait des messages sales, et la fille se demandait ce qu'elle avait fait de travers pour qu'il s'autorise à être comme ça avec elle. Peut-être que je lui ai ouvert la porte, que je lui ai laissé entendre que c'était possible, que je l'ai aguiché, blablabla. C'est toujours la même histoire de toute façon, les femmes qui s'interrogent sur leur comportement alors que les sales cons ne se posent pas de questions. Elle a assuré comme une pro. Elle a étudié le dossier à fond et le mec il s'est fait virer direct. Enfin, après des semaines, mais ils l'ont licencié. C'était un vrai feuilleton cette histoire. En plus, elle raconte super bien !

Mais sinon, elle ne sait pas pourquoi, quand sa mère se trouve dans la même pièce qu'elle, elle étouffe. Elle est tout le temps là à lui demander ce dont elle a besoin, ce qui lui ferait plaisir, si la journée s'est bien passée. Mais lâche-moi la grappe ! Laisse-moi respirer ! a-t-elle envie de lui répondre.

Comme là, maintenant, et tu veux que j'aille te chercher une autre taille, tu es sûre, on voit pas trop ton nombril, tu ne veux pas le même en taille XS tant que tu y es, tu ne penses pas que c'est déjà assez petit comme ça… Ce crop top lui va super bien ! Eh oui, ça se porte comme ça sans soutif ! D'ailleurs, plus personne ne met de « soutien-gorge ». Ses seins sont libres et n'ont pas besoin d'être soutenus, ils tiennent tout seuls. Et quand ça ballotte, en sport par exemple, on met des brassières ! Elle lui a dit mille fois !

Elle retourne dans la cabine en pestant. Elle ne lui achètera jamais ce haut, même s'il est fabuleux et que c'est le même que Léna, sauf que ça lui va beaucoup mieux à elle, mais bon ce n'est pas la peine de se battre ! Elle pourrait le voler. Elle en a super envie d'ailleurs. Tiens, sa mère s'est rassise, elle vérifie en regardant par le trou du rideau, il suffit qu'elle le mette dans son sac, nickel, il n'a pas d'antivol, il vaut 4,99 euros, ça ne servait à rien de se faire chier à en mettre un ! Allez, ça passe crème, et puis c'est un tout petit vol de rien du tout ! Mais si elle se fait prendre, avec sa mère à côté, elle est cuite ! Ça va durer des semaines, sur la confiance trahie, les principes que je t'ai inculqués, la dignité ! Et puis elle va appeler son père, comme pour la cigarette, et ce sera tirs croisés entre les deux et multiplication des reproches, comme quoi tu ne la cadres pas, avec toi elle fait ce qu'elle veut, t'as toujours été une mauvaise mère, tu cèdes sur tout. Non, pour 4,99 euros, ça fait beaucoup trop de problèmes ! Au pire, elle repassera avec son billet de 10 que lui a filé sa grand-mère et elle se le paiera elle-même. Si elle n'a pas oublié. Parce que parfois, c'est bizarre, un truc qu'elle veut vraiment beaucoup, deux jours après c'est passé et elle n'y pense plus du tout ! L'envie s'est envolée en fumée. Il ne faut pas qu'elle pense trop à de la fumée, ça va lui donner envie, et sa mère ne doit pas savoir qu'elle continue. Elle fait hyper-gaffe ! Ça ferait un nouveau drame sinon, c'est sûr !

Bon, elle va essayer autre chose, ce T-shirt-là bien ample, bien épais, pour les jours où elle n'a pas trop envie de se montrer, avec le Roi Lion dessus, elle adore ce dessin animé, surtout quand Simba est présenté à bout de bras comme le nouveau chef, c'est craquant.

Sa mère ne va pas aimer. Elle ne comprend pas pourquoi à son âge elle regarde encore des dessins animés et pas des films d'art et d'essai. Elle loue des DVD à la médiathèque, encore une fois, sérieux, qui fait ça ! Netflix, elle connaît ? Bon alors, il y a bien eu quelques films où elles ont passé des bonnes soirées, les Scorsese, ça déchire, et puis les comédies sentimentales, elle aime bien aussi de temps en temps, *Love actually*, elles se sont bien marrées, enfin les scènes avec les deux acteurs de X, c'était quand même pas mal gênant, elle s'est levée pour aller aux toilettes, voir ça avec sa mère, c'est pas possible ! Mais elle apprécie vraiment ces moments, elles se font un pique-nique, gâteaux apéro et pop-corn, glaces, aussi ; la diététique, les repas équilibrés, on oublie, c'est le cinéma à la maison, sauf qu'elles se mettent en pyjamas, sous la couette, dans le clic-clac du salon, enfin le lit de sa mère, quoi ! Oui, elle aime vraiment bien ces moments. Bon, elle va le prendre ce T-shirt avec le Roi Lion !

Elle ouvre le rideau pour lui annoncer la nouvelle. Elle n'est plus là. Le banc est vide. Rien non plus près du comptoir où il y a la vendeuse. Peut-être qu'elle est allée lui chercher un autre top, ou peut-être qu'elle a fait un malaise. Sa mère est hyper-émotive et parfois, elle tombe dans les pommes. Genre, elle tombe vraiment, comme une bûche. Pam, en plein milieu de la rue et tout ! Les pompiers, parfois les urgences, alors que juste elle a été trop émue par un truc. Ça peut être une bonne nouvelle, hein, une copine enceinte qui attendait depuis longtemps, un livre qui l'a bouleversée, et hop, soudain, il n'y a plus personne. Du coup, dès qu'elle a cinq minutes de retard, elle s'imagine qu'elle est aux urgences ou en rade quelque part. Et quand elle ne répond pas tout de suite au téléphone, elle est grave inquiète. Même si elle appelle rarement. Elle lui laisse plutôt des vocaux. Le problème, c'est qu'elle ne sait pas lui répondre. Elle lui écrit des messages, avec les mots en entier, jamais d'abréviations. Elle a des dizaines d'années de retard. Elle essaie pourtant de lui apprendre des trucs, les vocaux, les reels. Insta, pour qu'elle s'en sorte mieux avec le monde actuel, la pauvre, mais elle ne retient rien et faut lui expliquer plusieurs fois. Elle n'a pas la patience !

Elle est trop sensible en vrai. Faudrait qu'elle se blinde, qu'elle achète une carapace, un bouclier, elle ne sait pas. Mais là, c'est une huître ouverte, tu balances du citron dessus et tu la vois se rétracter, se tortiller, être mal quoi. Si ça se trouve, elle est en route pour l'hôpital !

Ah non, la revoilà !

— T'étais où putain !

Elle lui parle mal. Elle ne sait pas pourquoi, quand ça sort de sa bouche, c'est toujours agressif et méchant. Elle voudrait tellement qu'elle soit différente ! Elle sent qu'elle ne correspond à aucune de ses attentes, qu'elle voudrait une fille sage, cultivée, bien élevée, comme dans les livres. Elle n'est pas comme ça, elle la déçoit en permanence, alors elle mord. Et elle s'en veut. Elle aimerait être plus douce, parce qu'elle sent que cela lui ferait tellement plaisir, tellement de bien.

Elle ne s'aime pas. Souvent, elle la mate dans la salle de bains, elle se regarde de face, de profil, puis elle attrape toujours son ventre avec sa main, elle le serre, elle tient son bourrelet et le bouge ; si elle pouvait le faire disparaître elle adorerait ; après elle se redresse, elle se tient droite, enfin même trop droite, à la danse on dit que c'est la position de l'autruche fière, t'es pas droite t'es hautaine, t'es ridicule en fait, elle met les fesses en arrière, son ventre disparaît un peu, mais bon, pas tout à fait. Mais qu'est-ce qu'on s'en fout en fait ! Pareil avec les rides. Elle s'approche de son miroir à deux centimètres, elle peut à peine être plus proche, et elle tire son front entre ses doigts pour le rendre plus lisse. Mais qu'est-ce qu'on s'en fout des rides en vrai !

En plus, elle ne lui dit pas, mais toutes ses copines la trouvent canon. C'est vrai qu'elle fait hyper-attention aux réunions parents-profs, elle est toujours hyper-élégante, sapée, elle en impose, elle met des talons, son trench, non, elle assure. Et puis elle adopte ce petit ton, là, si les profs commencent à dire du négatif sur elle, un peu pincé, un peu aigu, genre je te prends de haut et t'es qui toi pour me dire quelque chose sur ma fille, tu la connais même pas !

Elle la défend toujours. Bec et ongles. Elle dit comme une louve. C'est vrai. Chez le dentiste, l'autre jour, elle était sur le siège depuis une heure, elle l'avait fait saigner la pute en lui enlevant ses bagues, du coup elle pouvait pas lui mettre le fil derrière les dents, ça ne collait pas, elle l'entendait depuis la salle d'attente qui demandait de ses nouvelles, on lui répondait de la merde, et d'un coup, elle a déboulé dans le cabinet, elle a affronté la dentiste, elle a dit un truc du genre « Mais c'est quoi ici ? C'est une véritable boucherie ! » super fort avec un ton de théâtre, elle a adoré ! Du coup, elle filait doux la dentiste, elle faisait moins la fière, elle lui a expliqué ce qu'elle était en train de bricoler d'une toute petite voix alors que cinq minutes plus tôt, elle en prenait plein la gueule parce que soi-disant elle cicatrisait pas vite ! Elle lui a donné cinq minutes pour régler le problème, sinon elle partait avec sa fille et ils entendraient parler d'elle, avocat et tout le tintouin. La dentiste, elle s'est exécutée. Et quatre minutes après, c'était réglé ! Elle s'est même excusée, dis ! Non, c'est sûr, elle la défend super bien ! Un peu comme la fille qui s'est fait harceler à son travail en fait !

— Tu peux mieux tenir le rideau ou tu as envie que tout le monde voie mon cul !

Non, mais, c'est vrai quand même !

Ces cabines, c'est comme quand elles passent l'été chez papi et mamie, y en a partout sur la plage. Elles vont tous les ans au même endroit pour les vacances, quinze jours à se faire chier, à manger à heures fixes, à se faire engueuler si on fait la grasse mat', à descendre à midi pour prendre des tartines et les manger dans des odeurs de bidoche ou de poisson, à sourire tout le temps, à entendre : « Mais qu'est-ce qu'elle a Lou en ce moment ? Elle fait la gueule ? » (elle fait pas la gueule, elle s'ennuie), à rissoler tout l'après-midi sur la serviette en famille parce qu'elle ne connaît personne, à attendre que le temps passe et il ne passe pas, à regarder les autres qui ont l'air de s'amuser et elle aimerait bien intégrer leur groupe, mais pour ça, faudrait qu'elle aille vers eux et ça, c'est pas possible, elle ne voit pas ce qu'elle pourrait leur dire, genre « Salut ! Moi c'est Lou, je peux me joindre à vous ? », la honte !, à se faire confisquer son tél parce qu'elle passe trop de temps dessus, ah ! ces jeunes, ils ne savent plus s'occuper tout seuls, ils ont leur portable greffé à leur main. L'année dernière, elle a déboulé dans la cabine et elle est tombée sur sa mère, à poil, ridicule, en équilibre sur un pied en train d'enfiler son maillot ; elle a tellement hurlé qu'elle a cru qu'elle allait la faire tomber. Elle est gaulée sa mère, elle s'est dit qu'elle était belle. Bon, elle lui a pas dit à elle, c'était déjà assez gênant comme ça !

Elle enfile un sweat vert à capuche avec un jean flare. Ensemble, là, ça le fait trop bien ! Léna va mourir de jalousie.

Faut qu'elle fasse gaffe quand même pour le tatouage. Elle se l'est fait faire l'autre jour, au niveau du poignet gauche, elle le cache avec des bracelets et des manches longues. Mais si sa mère voit ça, elle est cuite ! Elle va partir en sucette ! Déjà, les deux trous dans les oreilles, elle en a entendu parler pendant des semaines. Et même elle était allée pourrir le mec qui les avait fait sans autorisation parentale, c'était illégal, elle allait porter plainte, sa fille était mineure, le scandale énorme, la honte ! Donc là, attention.

Elle sort de la cabine, elle montre la tenue, c'est sûr, sa mère va dire oui.

12

Casque rouge

— Vous n'avez pas vu mon mari ?

« Bonjour » ? « Excusez-moi » ? « Pardon » ? Tous ces petits mots qui permettent de commencer une phrase sans heurter directement la personne en face de soi, elle connaît ? Oui, mais elle ne les utilisera pas.

— Votre mari ?

Recadrer le débat, remettre les choses à leur place, faire redescendre les ego. Je ne crois pas que ce soit ton mari. Ton mec, ton prisonnier, ta marionnette, peut-être.

— Oui, l'homme qui m'attendait sur ce banc ! À la place de cette femme-là !

— Ah oui ! Ben je crois qu'il en a eu marre d'attendre, justement.

Le visage reste impassible. Je pense qu'elle se mord l'intérieur des joues. Et qu'elle colle sa langue à son palais pour faire disparaître son double menton et sembler encore plus digne et droite. J'ai lu ça dans un magazine. Elle a dû mariner longtemps dans sa cabine en plus, parce qu'il s'est fait la malle il y a quand même un bon bout de temps, son « mari » !

— Il n'a pas laissé de message ?

Quelle fiction suggère-t-elle que j'invente pour elle ? Je serais donc sa secrétaire, il m'aurait donné des instructions du type : dites à Madame que j'ai un rendez-vous urgent et qu'elle me rejoigne pour déjeuner à la Villa vers midi ? Au revoir et merci beaucoup, mademoiselle.

Nous savons toutes les deux que cette saynète la sauverait, mais qu'elle est irréaliste. Elle a trop tiré sur la corde et les quelques écheveaux qui la tenaient encore ont cédé. Il est loin. Il est parti. Sans un mot pour elle qui répondrait à tous ceux qu'elle lui a jetés à la gueule tout à l'heure. Elle ne vaut même pas son mépris.

Elle se rengorge une dernière fois.

— Évidemment, je ne prends rien. Tout est si laid chez vous !

Mouvements d'une cane quand elle sort de l'étang et secoue son plumage gorgé d'eau. Et que je serre la ceinture de mon manteau, que j'en relève le col, que je replace mon sac à main dans l'angle de mon coude. Et me met en marche vers une nouvelle mare. Mais oui, tu laisses tout parce qu'il n'est plus là pour payer, faut pas me prendre pour une dinde non plus ! Et merci d'avoir « oublié » tous les vêtements dans la cabine, je suis là pour ça !

La cane n'en a pas fini. Elle s'arrête après quelques pas et retourne sa vilaine tête tandis que son gros derrière reste dans le sens de la marche.

— Oui, tout est si laid ici !

Avec regard appuyé sur ma petite personne.

C'est gratuit, méchant, vengeur, alors que je ne suis pour rien dans son abandon.

Je suis calme, assez douce, endurante, convaincue de ma « mission » et lui consacrant tout le soin qu'elle mérite, mais je peux tout à fait, sans l'anticiper ni le vouloir, m'envoler vers la colère. D'un coup. Mèche courte, comme disait ma grand-mère.

La dernière fois, c'était à la station essence. Je mettais tranquillement ma mobylette sur la béquille et m'apprêtais à me servir, un gars arrive en scooter, gare son engin devant le mien, prend le pistolet à essence pour faire le plein. Je fais remarquer ma présence par un petit coucou de la main discret et quelques phrases bien élevées. Réponse à base de pute et de salope. Et jets d'essence sur mon véhicule avec le pistolet qu'il ne veut pas lâcher. Je commence à avoir chaud, à danser d'un pied sur l'autre, à bouger mes bras comme pour chasser des mouches. Puis le kéké me propose de remplir mon réservoir contre une petite gâterie. Voilà. Il est 9 heures du matin. Je suis à peine réveillée. Direct. Ça monte comme un thermomètre fou. Pas dans les mots. Ma tête casquée se baisse, mes poings se serrent, mes petites jambes se mettent en action et je fais le bélier. Je cours, tête en avant, et il reçoit mon crâne coqué de rouge dans le sternum, comme au rugby. Ça lui coupe la chique et la proposition indécente, il valse dans l'essence, et je remonte sur ma mobylette sans demander mon reste (et sans carburant non plus).

Je peux partir dans tous les sens, et là, je sens qu'on y est.

Alors je ne range rien, je cours, j'attrape Ève devant un portant et je lui dis :

— Je prends ma pause avec cinq minutes d'avance, je vais péter un câble.

Elle acquiesce d'un mouvement de tête et d'yeux qui se ferment et se rend tranquillement aux cabines pour me remplacer.

Je traverse le magasin en courant et sors à l'arrière. Sonia est là, assise sur les marches.

J'extrais une cigarette de mon paquet en tremblant. Je la plante dans ma bouche, elle tressaute. Le briquet ne veut pas produire de flamme.

Sonia me tend du feu sans commenter.

Je prends trois taffes de suite que je recrache aussitôt, j'enfume chaque inspiration, je n'inhale pas d'air pur.

Sonia se campe devant moi et déclame, la main sur le cœur, la clope en l'air :

— Petit rappel des fondamentaux : ceci est un job alimentaire. Pour payer l'appart et la bouffe. Ne pas mettre dans cette activité intéressée et pécuniaire plus que de raison. Ne pas monter sur ses grands chevaux, partir en guerre pour défendre les droits des uns et des autres, rester calme, détachée, slalomer entre les crachats, se placer au-dessus des remarques acides, se foutre des quolibets. Trop orgueilleuse pour être susceptible !

Elle salue en faisant tournoyer sa cigarette dans les airs, comme si c'était un chapeau de feutre. Je l'applaudis.

— T'as le feu au cul ou quoi ? ajoute-t-elle.

Cette fille me fait rire aux éclats et me remonte le moral.

Je n'ai jamais autant fumé que depuis que je travaille ici. Il faut donner un sens à la pause, un contenu. S'arrêter pour ne rien faire, c'est suspect. Mais pour s'encrasser les poumons, s'empuantir les doigts, qui toucheront ensuite les vêtements, ça passe, même si ça craint. Il ne faut pas chercher à comprendre. Au début, je lisais aux pauses, quand il n'y avait pas encore Sonia. Les questions surgissaient immédiatement, dès mon livre ouvert : « Tu lis quoi ? C'est bien ? » Puis il y a eu les : « Tu as le temps de lire ? » Je le prends, c'est ma pause, je fais ce que je veux. Ils sont doués, les gens ont intégré la contrainte : même les périodes d'inaction doivent être actives : manger, fumer, discuter. On doit à chaque instant faire quelque chose.

— Alors ce théâtre ? je demande en laissant s'échapper la fumée de mes deux narines comme un taureau furieux de dessin animé.

— Un truc de fou ! Hier, on a fait de l'impro ! Il fallait se mettre en colère. Donc, moi j'étais avec Jules, il devait me chauffer, tu vois, pour que ça monte. Et à un moment il a dit au prof : « Non, mais ! elle ne va jamais y arriver, elle est faite pour jouer les jeunes premières bien gentillettes ou les servantes dévouées, mais elle n'a pas les ressources pour jouer Médée par exemple. » Et là, je ne sais pas pourquoi, je ne sais pas comment, c'est parti d'un coup ! Je l'ai pourri, dingue, les mots venaient tout seuls ! Un torrent. Mais un torrent ordonné, efficace, avec les bonnes répliques qui touchent bien là où ça fait mal, tu vois. Je ne savais même pas que j'avais tout ça en moi ! À la fin, le prof a applaudi. C'est la première fois qu'il applaudissait quelqu'un. J'étais trop fière !

J'allume une deuxième cigarette. Je ne lui raconte pas l'épisode de la station-service. Je devrais me mettre au théâtre. Tout jaillirait en mots. J'aurais des choses à dire…

13
Tunique ample

Elle a doublé tout le monde. Elle refuse encore de faire la queue, de patienter. Elle ne renonce pas si facilement à cet éphémère privilège coupe-file. Cinq mois qu'elle passe avant tout le monde, elle accouche et, du jour au lendemain, il faudrait que ça s'arrête ? Il n'en est pas question. Parce que c'est précisément maintenant, plus que jamais, qu'elle a besoin de privilèges, de droits, d'égards, elle s'aime si peu. Deux jours après avoir donné naissance à son enfant, elle a essayé d'enfiler le jean qu'elle avait mis dans sa valise pour la maternité. Rien à faire, ça bloquait dès le dessus des genoux. Ce n'était pas le fessard le problème, c'étaient les jambes ! Elle avait pleuré, elle pleurait pour un rien de toute façon, un peu plus, un peu moins.

Elle avait demandé à son mari de lui rapporter un pantalon de grossesse. Il avait bien acheté des « bouts de sein » et des serviettes hygiéniques épaisses comme des rumsteaks, alors au point où elle en était ! Son corps n'était plus un objet de fantasmes, mais une matrice qui s'était vidée sous ses yeux, excréments, bébé, sang. Il ne l'avait pas touchée depuis. Elle n'en avait d'ailleurs pas du tout envie.

Alors elle se cambre, met la main sur son ventre et avance, les pieds en canard, jusqu'au comptoir en dépassant tout le monde. Les clientes la croient et la laissent passer sans broncher. Elles ont été dans sa situation ou pourraient l'être, la solidarité féminine fonctionne à plein, même lorsqu'elle repose sur un mensonge. Toutes s'écartent sur son passage, une reine en majesté portant la vie, une jeune accouchée stockant ses kilos surnuméraires plutôt.

Ils sont invités à un mariage. Elle le prend comme une provocation. Elle ne peut pas se marier plus tard, Sabine ! Elle ne peut pas attendre un peu ! Elle ferme le rideau derrière elle et jette toutes les affaires par terre. Une petite motte de vêtements qui de toute façon ne lui iront pas. Non, ça doit la faire jubiler, Sabine, de l'imaginer avec son gros corps boudiné dans une tenue dont les coutures seront tendues au maximum, près d'exploser ! Elle trônera, magnifique, en robe blanche sur mesure, après avoir fait disparaître sa principale concurrente. Elle la hait.

Il y a deux ans, c'était elle la mariée ! C'était elle la reine ! Une robe sur mesure qui épousait, évidemment, ses formes parfaites, du buste à la taille, aux fesses. Un huit équilibré, un sablier voluptueux. Elle avait vu dans les yeux des autres femmes de l'admiration, de l'envie, et même de la jalousie, les meilleures garanties de sa propre beauté. Et aujourd'hui elle n'est plus qu'un ballon de baudruche dégonflé, un pneu à plat, un furoncle drainé. Avec l'estime de soi à son maximum !

Dans la baignoire, elle voit de haut cette épave qui flotte, elle domine son ventre, la protubérance vide surmontée de deux bourrelets qui font comme une bouche large et fermée. Le nombril constitue l'œil. Elle contemple un cyclope souriant.

La largeur de ses fesses occupe toute la cuvette. L'eau chaude reste à ses pieds, elle ne parvient pas jusqu'à ses épaules, son arrière-train fait bouchon et la coupe en deux. Pour sortir, il fait même ventouse. Et quand elle parvient enfin à se décoller de l'émail, une énorme vague déferle vers la bonde. Le cachalot sort de son bain !

Et son mari qui essaie comme il peut de lui remonter le moral en lui disant qu'elle est toujours belle ! *J'ai* un enfant, dit-il fièrement à qui veut l'entendre. Elle a envie de lui rire au nez. Parce qu'elle, elle a *fait* un enfant. Elle n'a pas assisté à un spectacle, certes palpitant, avec des scènes un peu crues, un certain suspens, et une fin émouvante où un petit être quelque peu sanguinolent crie pour la première fois et rampe sur un ventre à la recherche de mamelles. Le spectacle était son corps qui se contractait, se tétanisait, expulsait, se déchirait, saignait, était transpercé, fendu, souffrait comme jamais jusqu'au tréfonds. Elle a *fait* un enfant, donc. Elle n'établit pas de hiérarchie, elle différencie les expériences. Elle ne produit pas un récit guerrier d'une mise au monde, avec hauts faits d'armes, courage, hémoglobine, honneur, couteaux aiguisés et victoire finale. Elle a vécu cet événement. Elle en a été le terrain d'opération. Elle voudrait juste qu'on rende à César ce qui appartient à César.

Que fait-elle ici, grands dieux ? Dans ce magasin anonyme, cette enseigne banale qui multiplie ses boutiques stéréotypées dans les grandes villes comme les pains et les poissons. Le problème de ces chaînes de fast fashion, c'est que tu peux te retrouver au mariage avec la même robe que ta voisine. Ça s'appelle la standardisation des tenues, la dictature du bon goût, la globalisation de la mode. On peut acheter le même top à Paris et à New York. Et le même pantalon à Paris et à Niort. Et se retrouver à la mairie ou à l'église à côté de son clone.

Elle déboutonne son gilet qui la cache plus qu'il ne la réchauffe. Puis sa chemise d'homme, empruntée à son mari, qui occulte le champ de bataille. Elle est en soutien-gorge, loin de la lingerie fine ; du tissu en coton blanc bien couvrant qui s'ôte par une attache quand le bébé réclame son repas et qu'on lui dégage l'accès à son biberon vivant. Ce soutif la coupe en deux, l'élastique large laisse une trace incrustée dans sa peau, délimitant le trop-plein du dessus, du trop-plein du dessous. Elle attrape son bourrelet, son cauchemar, de ses deux mains. Il les remplit. Elle le masse, le soupèse, l'évalue. Il est tout mou, tout inutile, tout supplémentaire. Si elle avait une cisaille de jardinier, hop, elle placerait cette excroissance flasque entre les deux lames et couic, elle couperait. Elle n'ôterait rien de vital, elle le sait, les organes sont derrière. Elle n'entamerait que du gras. Elle le supprimerait à jamais. Elle se débarrasserait du superflu qu'elle n'a pas demandé d'un coup tranchant efficace.

Elle a mangé tant et plus, aussi, faut dire. Et pendant neuf mois, personne n'a rien osé lui dire. Elle dévorait pour deux et comme quatre. Elle le paye cher aujourd'hui. Elle passe à la caisse, désespérément.

Son corps a été habité. Il est désormais vide de son petit habitant. Mais celui-ci a laissé des traces, des souvenirs. Les vergetures, par exemple. Là, sur le ventre. Là, sur les cuisses. Et même sur les seins ! Son corps avait explosé d'un coup avec le grossissement du bébé. Comme un volcan dont la terre se soulève et se fend pour évacuer la lave. Comme un tissu qui se craque quand on force son essayage. Comme un collant qui file sur une trop grosse cuisse. Comme un gâteau qui monte dans le four grâce à la levure jusqu'à craquer de partout. Bref, le test de résistance du matériau avait lamentablement échoué.

Son corps, occupé par un autre, et qui désormais s'occupe d'un autre. Comme il nourrit l'enfant, elle doit en prendre soin. Elle ne peut l'enfumer ni le saouler. Elle a tellement hâte de récupérer son corps à elle, de pouvoir lui nuire, le maltraiter comme elle l'entend sans qu'on lui en fasse le reproche, sans qu'elle s'en sente coupable.

Elle voudrait récupérer son corps d'avant, son corps de fille, pas de maman. Le retrouver tel quel, intact. Par un coup d'ardoise magique. On passe la réglette et tout s'efface. Un point c'est tout. Et qu'on ne lui parle pas de se réconcilier avec elle-même, de faire la paix avec sa graisse. Blablabla. Fadaises et foutaises.

Elle sort sa gaine du sac en plastique. C'est sa collègue Emeline qui lui a parlé de ça au bureau. Enfiler cette chose, c'est pire que mettre une combinaison de plongée sèche. Elle se contorsionne, une jambe dans un trou, l'autre dans le trou d'à côté, et on remonte le tout. Ça serre au passage des cuisses. Elle sautille en tirant sur la taille élastique, une vraie grenouille. Il faut emprisonner ce gras dans ce truc élastique. Elle parvient enfin à remonter le tissu extensible, rentre le bourrelet dedans, il est désormais caché, rentré, aplati. Elle a l'impression que son ventre s'inverse, qu'il proémine vers l'intérieur, qu'une grosse tumeur envahit son estomac, elle ne peut plus respirer. Elle ne tiendra pas longtemps avec ce carcan asphyxiant. La cérémonie à la mairie, la messe, le vin d'honneur, et elle sera morte. Et sa graisse maléfique reprendra ses aises au dîner et tressautera à nouveau à la soirée dansante. Elle arrache rageusement sa ceinture de contention qui lui colle à la peau aussi fermement qu'un maillot de bain mouillé. Des larmes de rage perlent au coin de ses yeux. C'est vraiment une idée à la con, cette gaine ! Merci, Emeline ! Et ça lui a coûté 50 balles !

— Ça va, madame ?

Elle sursaute. Elle a peut-être fait trop de bruit, de mouvement, en enlevant son équipement de contention ! Une baleine qui se trémousse ! Un gros pied a peut-être débordé de l'aquarium où elle est cachée ? Ou le sol a tremblé quand elle sautait pour enfiler le corset ? Ou peut-être que la petite vendeuse à l'entrée a vu qu'elle n'était pas vraiment enceinte et qu'elle avait triché ? À moins que ce ne soit ces vêtements par terre dont elle n'a pas pris soin ? On ne peut pas lui foutre un peu la paix aussi ! La laisser tranquille !

— Tout va bien, je vous remercie, répond-elle sèchement.

Elle s'est échappée, elle a « séché » deux heures pour trouver cette maudite tenue. Deux heures. Elle a confié l'enfant aux bons soins de sa mère. Son mari est au travail. À lui la place dans la société, l'importance, le rayonnement, à elle la maison, les tâches ingrates, l'invisibilité. Une semaine de congé paternité, c'était bien le bout du monde ! Il avait eu du mal à supporter. Il tournait dans l'appartement. Elle avait préféré le mettre dehors. Deux heures pour trouver cette tenue. Ses jours et ses nuits ne ressemblent plus à rien de toute façon. Ils ne se distinguent que par leur luminosité. Pour elle, il n'y a que des rotations : réveil, allaitement, change, couchage, sommeil, et ainsi de suite. Sans fin. Elle est somnambule. Elle s'est traînée jusqu'à cette cage.

Ces cabines d'essayage la font penser à ces lits séparés de rideaux blancs sur lesquels les parturientes étaient allongées en attente de délivrance. Vous vous êtes toutes donné le mot ou quoi ? C'est la pleine lune ? plaisantait la sage-femme, le sourire aux lèvres. Ses congénères partaient les unes après les autres en salle de travail. Elle les entendait crier. Toutes passaient devant elle. Elle se faisait piquer son tour. Sauf qu'il n'y a pas d'ordre ici, ma petite dame. Parfois les premières arrivées sont les dernières servies. Faut prendre son mal en patience. Son mal. L'euphémisme. À chaque contraction, elle avait l'impression que son corps poussait tous ses organes en dehors d'elle, qu'un ours brun s'asseyait sur elle confortablement et l'écrasait en cherchant une bonne place pour caler son derrière imposant. Pourquoi un ours brun ? Elle ne saurait dire. Mais c'est l'image qui lui venait chaque fois que la douleur l'envahissait. Sans lien quelconque avec son mari, qui se tenait là, debout, au niveau de sa tête, droit, désœuvré, pâle, inutile, impuissant. Il avait sorti le brumisateur et s'était autorisé à l'asperger à un moment où elle criait puissamment. Initiative malheureuse. C'est sur lui qu'elle avait ensuite hurlé, encore plus fort, si cela était possible. Il avait remballé l'accessoire, contrit, et s'était contenté de sa position verticale et muette, attendant que ça se passe. Il fait souvent ça d'ailleurs dans la vie : attendre que ça passe, qu'elle redescende, qu'elle se calme. Et elle finit toujours par déchoir, elle ne peut demeurer éternellement sur la crête de l'énervement et de la rancœur. Pour l'heure elle haïssait le monde entier, maudissait les gens et les lieux, insultait celui par qui tout cela était arrivé, ses ancêtres, sa descendance à venir, les quelques secondes de plaisir qu'il avait éprouvées en elle et qui auraient des conséquences irrécupérables.

Elle doit rentabiliser ces deux heures. Elle doit trouver cette tenue. Pour ce corps.

Pour ces seins désormais nourriciers. Elle pourrait avoir une montée de lait pendant la cérémonie, ce serait une idée, ça ! Elle déteste cette sensation, ce remplissage intérieur progressif, cette chaleur qui la colonise, cette avancée liquide qui proémine. Elle a l'impression que deux tétrabricks s'installent en elle. Deux carrés pleins et encombrants au-devant d'elle-même. Qui l'annoncent. Qui la précèdent. Ses gros seins d'abord, puis elle ensuite.

Pour ces bras ! Regarde-moi ça, ça pend ! C'est flasque, c'est graisseux, comme deux mozzarellas qui s'agitent sous ses os. Il faut qu'elle trouve un haut avec des manches ballon, elle en a pris, croit-elle, elle farfouille dans le tas à terre. Ce n'est plus possible de montrer ces deux fromages gélatineux.

Pour ces jambes, c'est encore pas mal ! Enfin à partir du genou. Ses mollets, en fait ! Elle a de beaux mollets ! Quelle fierté ! Et encore, il faudra enlever tous ces poils. Ça aussi, c'est la bonne surprise du chef, ces poils qui poussent de partout ! Ses cheveux disparaissent par poignées, tandis qu'elle devient un yéti par ailleurs.

Elle tire un premier haut au hasard, en lin gris, avec des plis sous la poitrine, qui pourrait faire illusion. Elle passe difficilement un premier bras, puis le deuxième, il s'agit maintenant de faire descendre la tunique sur ses épaules et son buste. Mais comment faire avec les bras entravés ?

Elle a besoin d'aide, elle ouvre le rideau avec la bouche, passe la tête, prisonnière de cette camisole infernale.

— Mademoiselle, s'il vous plaît ! J'ai pris cette tunique en taille M, mais vous taillez extrêmement petit !

La vendeuse s'approche.

— Oui, ça taille petit ! dit-elle en souriant, jetant un cil à l'intérieur pour mesurer l'étendue de la catastrophe. Vous voulez que je vous aide ?

— Surtout pas !

Elle a envie de la mordre. Elle a l'air gentille, pourtant, même si elle sent la cigarette. Et elle, elle est tellement odieuse avec tout le monde en ce moment ! Les larmes lui montent aux yeux. Voilà, les grandes eaux maintenant ! Il ne manquait plus que ça ! Tu as définitivement perdu toute dignité, ma pauvre fille !

— Non, mais je crois que j'ai été très optimiste, plutôt… Parce que avec ce corps, évidemment…

Elle retient un sanglot avant qu'il n'explose dans sa gorge.

— Non, ça taille vraiment petit, coupe la vendeuse. Penchez-vous en avant, rentrez la tête, faites rouler le tout par-dessus vos épaules. Voilà. Comme ça. C'est bien. Et moi, je vais vous chercher la taille au-dessus.

Elle a obéi à la vendeuse et ôté, penchée, à grands mouvements de bras et de contorsions de dos, ce haut qui l'empoisonne. La tunique de Jaïre, qui lui colle à la peau. Voilà l'idée qui lui vient. Après la gaine emprisonnante, le haut torturant. Les larmes sont maintenant bien installées, elles rougissent même ses yeux, il n'est plus question de les cacher. Elle ne sait plus faire que ça, obéir, Madame poussez, Madame allaitez, Madame consolez, elle n'a plus de libre arbitre, elle a perdu son autonomie en prêtant son corps à un autre.

La vendeuse est de retour avec la même tunique en taille L. Son bras seul pénètre dans la cabine avec le vêtement au bout.

— Vous cherchez quelque chose pour une occasion particulière ? chuchote-t-elle.

Elle a envie de lui rétorquer : « De quoi je me mêle ? Tu t'es vue ? Tu crois que j'ai envie de me faire conseiller par quelqu'un comme toi qui ne ressembles à rien dans un tailleur beaucoup trop grand et qui empestes le tabac à des kilomètres à la ronde ! » Mais cette fille ne lui a rien fait. Et plutôt, elle lui a fait quelque chose, elle lui a parlé, elle s'est enquise d'elle, elle lui a rendu service. Autant de choses qu'elle n'a pas connues depuis qu'elle a accouché. On n'en a que pour l'enfant. Il est son tout. Elle ne fréquente quasiment plus d'adultes, si ce n'est les vieux du parc, qu'elle croise aux heures des promenades, toujours les mêmes, et qui demandent d'ailleurs exclusivement des nouvelles du petit. Elle est devenue l'accompagnatrice, la réserve à lait, le jerrican de cet enfant-roi qui prend toute la place et capte toute l'attention.

— Je suis invitée à un mariage. J'ai accouché il y a un mois. Je cherche quelque chose de ample, mais qui ne fasse pas femme enceinte. Parce que je ne suis plus enceinte.

Elle a débité ces phrases en rafales, pour s'en débarrasser. Les larmes coulent désormais abondamment. La vendeuse ne peut les voir et a la délicatesse de rester de l'autre côté du rideau. Elle doit certainement entendre sa voix mouillée. Elle ne relève pas non plus la tricherie passée pour lui faire la morale : oui, elle n'est plus enceinte et elle est pourtant passée devant tout le monde.

— Attendez-moi là. Je crois que j'ai ce qu'il vous faut !

Elle ne va pas bouger, de toute façon ! Elle est à moitié à poil ! Elle irait où ! Elle ferait peur à toutes les clientes ! Elle s'en veut immédiatement de ces remarques agressives, elle se déteste et déteste tout le monde, c'est effrayant.

Deux minutes plus tard, le bras est là, avec trois robes aux imprimés fleuris et voyants.

— Mais ce n'est pas du tout mon style ! s'énerve-t-elle. Ce n'est pas ce que j'ai l'habitude de porter !

— Votre corps n'est pas non plus celui de d'habitude, m'avez-vous dit ! lui répond-on sans ambages. Alors, essayez ça !

Les vêtements sont largués et tombent à ses pieds sans ménagement. Elle pourrait s'en offusquer. C'est quoi, ce service clients ? Elle se prend pour qui la vendeuse ? Puis elle réfléchit : non, son corps n'est pas son corps habituel, son corps d'aujourd'hui n'est que fonction : il nourrit, dorlote, change, lave, veille, surveille, berce, porte... Son corps agit, son corps n'est plus. Cette petite a raison.

Son corps n'est que peur, surtout : peur de mal faire, peur de ne pas comprendre les cris de bébé, peur de ne pas l'entendre quand il hurle, peur de le lâcher, peur de s'énerver, peur de lui faire du mal, peur de le perdre, peur qu'il ne respire plus, peur qu'il ne grossisse pas assez, peur qu'il tombe malade, peur qu'il sente qu'elle a peur, peur, peur, peur.

En plus, elle n'aimait pas les bébés avant. Elle passait à côté sans ralentir ni s'attendrir. C'étaient des êtres sans intérêt, non parlants, non propres, non autonomes. Des êtres négatifs. Et maintenant qu'elle a le sien, elle l'aime d'un sentiment trop fort qui l'inquiète, la transporte, la métamorphose. Elle voudrait le pétrir de caresses, le dévorer de baisers. Ce n'est pas de l'amour, c'est de la passion, celle des livres, celle des folles, des Phèdre, des Médée, l'effrayante passion. Qui donne des frissons, devance les inconforts, anticipe les complications.

Pourtant, cet enfant n'a rien à voir avec celui qu'elle attendait. Les mouvements reptiliens d'un pied passant sur la paroi tendue de son ventre n'appartiennent pas à ce bébé qu'elle tient aujourd'hui dans ses bras. Il y a un saut cognitif qu'elle n'a pas pu faire. La naissance est un impensable.

Elle ramasse le fatras de robes que la vendeuse a balancé à ses pieds et les suspend à la patère. C'est bizarre ces robes vides qui attendent qu'on vienne les habiter, ces carcasses de voitures sans moteur, ces coquilles sans bernard-l'ermite. Son esprit s'évade. Elle est si prisonnière du réel, de ce petit corps à soigner et à nourrir, du sien qui produit cette nourriture, des horaires, des couches, la matière l'encercle, l'étouffe ; alors ses pensées s'abstraient et volent en tous sens comme des insectes fous et se posent sur cette robe à fleurs. Vraiment ?

D'accord, cette robe à fleurs. Essayons. Cette fermeture éclair dans le dos, ce n'est pas possible. Elle devra demander à son mari de la remonter et elle ne veut pas qu'il la touche. Ça suffit comme ça. Elle va bien y arriver toute seule, à relever cette fermeture. Voilà. Encore un effort. Elle a bien fait sortir de son ventre un sacré rôti, alors elle peut tout faire désormais. Voilà, on y est !

Elle a raison la petite vendeuse. Ça floute le ventre une robe. Il disparaît dans les plis savants du tissu. Et dans l'unité du vêtement qui la couvre des genoux aux épaules. Le ventre est là, quelque part au milieu, perdu, invisible. Enfin, elle va quand même aller vérifier dans le miroir. Pourquoi ils l'ont mis dehors ? Pour qu'elle expose sa disgrâce ? Pour que tout le monde voie bien à quel point elle a pris cher ?

Elle sort de la cabine, lentement, avec précaution. Elle écarte le rideau, passe la tête, vérifie que la voie est libre et s'avance à petits pas. Elle croise une mère assise sur un tabouret qui se fait remettre en place par sa fille, une ado à moitié à poil. Elle voudrait bien voir ça, que son enfant la traite de cette façon ! Jamais elle ne laissera faire ! Elle sera une mère stricte ! Elle s'approche du miroir ennemi. Elle voit la vendeuse qui lui emboîte le pas, le sourire aux lèvres, une autre robe à la main.

— Voilà ! Déjà, là, on est bien ! Une robe, c'est ce qu'il vous faut ! Ça affine, ça allonge, ça rend vaporeuse, ça embellit !

Elle opine de la tête, muettement.

— Après, est-ce que ce doit être cette robe-là ? reprend la vendeuse, aussi prolixe qu'elle est silencieuse. Je ne suis pas sûre… Les fleurs, là, ça fait peut-être un peu trop bouquet champêtre, belle des champs, prends-moi dans le foin !

Elle se met à sourire.

— C'est un mariage comment ? Un peu prout-prout, non ? Sinon vous ne vous mettriez pas une pression pareille ?

— Oui, c'est ça, un peu beaucoup même…

— Bon, alors essayez plutôt celle-là. Avec ça, Vous allez faire baver d'envie tous les invités, croyez-moi ! *You're back !*

La vendeuse ne jette pas la robe comme tout à l'heure. Elle la tient pour qu'elle la prenne. Elle n'est pas rancunière cette petite quand même. Si on l'avait traitée comme ça, elle serait partie depuis longtemps, ça c'est sûr. Elle saisit la nouvelle tenue. Elle aime bien la couleur. Le bleu, on lui a toujours dit que ça lui allait bien.

Elle retourne dans la cabine. Elle s'enfile par le haut. Elle tombe sur elle comme une pluie fraîche, comme des flocons de neige, comme des pétales de fleur. Pour un peu, ce serait elle la mariée !

Elle ressort pour partager le résultat. Le tissu efface les rondeurs. La coupe met en valeur les seins et érotise les hanches. Elle est parfaite. Il se pourrait qu'avec cette tenue, elle se sente presque jolie. Oui, il se pourrait bien…

Elle pirouette sur elle-même, un peu comme une petite fille pour faire sa belle.

— La mariée, là, elle n'a qu'à aller se rhabiller, c'est moi qui vous le dis ! lance la vendeuse.

Cette phrase n'a pas tellement de sens. La mariée restera la mariée, unique, la seule à porter une robe blanche. Mais ces mots la mettent en joie. Elle imagine Sabine hurlant de rage, remontant dans sa suite, déchirant ses dentelles parce qu'elle l'a croisée, elle, dans sa robe bleue inégalable. Elle rit. La vendeuse rit avec elle.

Et soudain son bébé lui manque, d'un coup, comme un grand vide qui perfore son ventre. Il faut qu'elle rentre le retrouver. Il l'attend, fragile, fort, translucide, vorace, hurlant, incompréhensible, éreintant, comblant, exigeant, tendre, tout.

Elle retire la robe sans peine, attrape la fleurie également, et file à la caisse. La vendeuse lui fait signe de ne pas s'occuper de ce qu'elle laisse, là, en vrac, dans la cabine. Toutes ces tentatives ratées qui ont conduit à trouver la pièce rare.

Elle renaît.

14

« Exactement le même manteau que la femme là-bas »

Je remets les tuniques sur cintre. C'est vrai que mes doigts puent le tabac. Un petit pschitt de gel hydro-alcoolique et ça repart. Elle était belle, cette jeune maman ! Gracieuse, ronde, chiffonnée, mais cette fatigue de nuits courtes attendrissait ses traits. Et pourtant…

Toutes ces femmes qui ne s'aiment pas. Tous ces corps rejetés, critiqués, haïs. Tous ces ventres rentrés, ces seins remontés devant la glace, ces sourcils froncés, ces moues dégoûtées, ces replis honteux, ces épaules tombantes, ces déceptions de soi à soi-même, ces remontrances et ces promesses d'efforts inouïs.

Il faudrait quand même qu'on vous dise, mesdames, que le XS ne va à personne, même pas aux ados filiformes. Que la taille que je vends le plus c'est le L. Que vous essayez de vous glisser dans un S mais que personne n'y parvient. Qu'il faut arrêter de se trouver trop ronde, grosse, petite, flasque, ridée, vieille. Qu'on doit changer les tailles des vêtements et non les corps des femmes. Que c'est dans l'autre sens, en fait. Adapter le contenant au contenu et non l'inverse. Que le monde marche à l'envers.

Vous savez que c'est exprès si les miroirs sont à l'extérieur ! Pour que toutes puissent vous voir. Et valident éventuellement votre choix. Pour qu'elles se comparent à vous et que vous vous compariez à elles, ce qui est un travers féminin sur lequel on mise beaucoup. Pour qu'elles vous envient et cherchent la même tenue que vous selon l'implacable loi du désir mimétique. Ce qui est désiré par l'une devient immédiatement désirable par une autre. Je ne vous dirais pas le nombre de fois où j'entends : « Est-ce que vous pouvez me dire où se trouve le pantalon de la dame, là ? » ou : « Vous pourriez me ramener le petit top que porte cette fille ? » En une matinée, je peux vendre jusqu'à cinq fois le même article pour peu qu'il ait été exhibé par une belle plante. Et comme vous avez très peu de temps pour réfléchir à votre achat puisque, pour vous voir, vous devez être dans le couloir, visibles, vulnérables, alors vous prenez, et nous encaissons.

Quant à penser que si vous arborez ces vêtements, votre vie sera changée, que vous deviendrez cette femme libre, puissante, admirable, magnifique qu'on vous présente, impose, matraque, que vous dire, mesdames ? Comment continue-t-on à croire à ces fadaises ? Je ne m'exclus pas de cette fausse religion. Les parfums qui feront que « La vie est belle », qu'on va vous « adorer », que vous deviendrez « sauvage », magnifique dans une « petite robe noire », ou carrément la réincarnation de Coco Chanel, que vous allez vous muer en ces femmes souriantes, gracieuses, fortes en quelques pulvérisations sur votre cou. Il suffit de réfléchir deux minutes pour que ce nuage capiteux illusoire disparaisse. Mais il demeure. Et on achète. Et on se vêt, et on se maquille, et on se parfume. Et ça nous coûte un pognon fou.

Il faut vous dire aussi que cet unique miroir au fond est incliné. D'un petit angle insoupçonnable, mais réel. Il allonge la silhouette, grandit les jambes, raccourcit le buste. Vous vous voyez plus fines que vous n'êtes. Quand vous essaierez le même vêtement chez vous devant votre glace ou dans votre salle de bains, vous n'aurez pas le même ressenti. Mais au lieu de crier à l'arnaque, vous vous incriminerez : j'ai grossi, ça allait bien à l'autre, mais sur moi c'est affreux... La vente sera faite, vous vous sentirez coupable. Parfait.

Il faudrait vous dire enfin que ce magasin est un piège organisé de façon stratégique. Vous êtes, sans le savoir, des petites souris placées au cœur d'un labyrinthe avec des morceaux de gruyère disposés çà et là qui vous attirent, des cloisons comme autant de portants qui dérivent vos trajectoires et vous forcent à voir ce pull que vous n'auriez pas forcément repéré, ce pantalon qui, comme par hasard, irait parfaitement avec ce pull, et de fait, vous êtes maintenant au milieu des sous-vêtements, réalisant soudain que vous n'avez plus rien à mettre sous cette nouvelle tenue. Et je ne vous parle pas de la caisse où nous faisons nos meilleures affaires tandis que vous attendez patiemment votre tour. Effectivement, vous n'avez plus de chaussettes et ce lot de dix paires à 14,99 euros, c'est donné. Et ces élastiques à cheveux, votre fille en a certainement besoin, ils se détendent si vite, et ce rouleau pour enlever les peluches sur les vêtements, c'est malin ! Et voilà qu'à la fin, votre panier s'élève à une centaine d'euros sans que vous ayez rien vu venir.

Vous voilà manipulée, appauvrie et déjà déçue.

Ce magasin est un traquenard géant dont vous êtes les proies innocentes.

15

Revenge dress

Elle n'a choisi que des robes ultra-sexy. Effet seconde peau. Moulant impeccablement ses formes incroyables. Quand elle sort de sa cabine, tous les regards convergent vers elle. Cette femme enceinte, plus particulièrement, la fixe comme si elle voyait un fantôme. Au fond, c'est ce qu'elle recherche, alors pourquoi est-elle finalement gênée ?

« Ça fait pute, ça, non ? Oui, ça fait pute ! Ça fait fille qui couche le premier soir ! Mais dans le fond, je vais coucher le premier soir, non ? »

Elle doit être une des seules à qui tous ces vêtements vont. Elle est grande, fine, une liane. Il l'appelait ainsi, ma liane. Elle entend aujourd'hui l'exotisme, le dépaysement, le racisme larvé.

Elle prend des poses. Jambe droite devant, légèrement pliée, main sur la hanche, taille creusée. Même chose de l'autre côté après trois minutes. Puis profil droit, rotation sur le profil gauche, de dos en sortant les fesses, les cheveux maintenus en l'air, qui retombent en ressorts joyeux. Elle se sait regardée et critiquée. Cette femme, là, avec ses kilos en trop qu'elle cache derrière des robes flottantes, le coup d'œil réprobateur qu'elle vient de lui lancer, elle le connaît par cœur.

Il n'y a pas plus vachardes que les femmes entre elles. Elles sont les gardiennes de la décence et du bon goût. Au travail, ce ne sont pas les hommes qui la scannent des pieds à la tête, ce sont les femmes qui, dès les ascenseurs, jugent, condamnent, envient. Les femmes ne s'habillent peut-être que pour les autres femmes.

Bon, elle se remet en jeu ce soir. Il s'agit de trouver une *revenge dress*. La « robe de la vengeance ». Elle a lu ça dans un magazine. Quand une star se fait larguer comme une vieille chaussette, elle choisit une tenue spéciale pour revenir à la vie publique et faire baver d'envie et de regrets son ex maudit. Ainsi de Diana après la trahison du prince Charles. Cette robe noire, dénudée aux épaules, courte, qu'elle a arborée en 1994 tandis que l'autre expliquait que oui, il avait eu une histoire avec Camilla, mais que bon... Diana lui a dit : « Regarde imbécile, ce que tu as négligé ! Et non, je ne te regrette pas, je ne suis pas malheureuse, je brille de mille feux ! » Parce que si les femmes trompées ou délaissées sont en haillons, le cheveu sale et le corps mou, c'est qu'elles ne se remettent pas de leur peine. Si au contraire elles portent beau, le brushing éclatant, la tenue sexy, les formes parfaites, monsieur doit s'en mordre les orteils, il a perdu une bombe, il aurait dû y réfléchir à deux fois. Le chagrin n'a aujourd'hui plus de place. La perte non plus. Il faut vaincre, irradier, très vite. Donc ce soir, elle va apparaître aux yeux du monde, enfin d'un petit restaurant niortais, dans la robe de la résilience et se vengera de toutes les humiliations passées.

Elle a eu si mal, pourtant. Elle s'est sentie si salie.

Elle a découvert toute seule le pot aux roses. Sans fouiller. C'était posé là, en évidence, sur son bureau à lui. Son journal intime. Un carnet bleu, ouvert, sur un texte d'une crudité incroyable. Des seins, des culs, des positions, des odeurs, de la gymnastique, elle a été saisie par la précision des termes, avant même de savoir qu'il n'était pas question d'elle, mais d'une autre.

Qu'elle connaissait. Elle avait bien vu à une soirée que cette fille ne le laissait pas indifférent. Il s'en était défendu. Il ne fallait pas inverser les rôles non plus ! C'était elle qui faisait tourner la tête des hommes, entretenait des relations ambiguës avec eux, ayant toujours une seconde poêle sur le feu pendant qu'avec la première elle faisait sauter des crêpes. Ces accusations perpétuelles d'une prétendue seconde vie ont servi de paravents à ses trahisons pendant toutes ces années. Il ne pouvait pas la tromper, c'était elle l'impure. Jusqu'à ce qu'elle le lise.

Elle s'est tue pendant plusieurs jours. Elle n'imaginait pas quels mots piocher pour rendre compte de cette découverte. Il l'avait trouvée morose, repliée, hostile. Tout s'éclairait pourtant peu à peu dans sa tête, comme si on allumait chambre après chambre une maison sombre aux recoins inconnus. Les événements s'étaient agencés comme un puzzle magnifique. Les pièces manquantes apparaissaient soudain dans ses mains. Cette soirée d'où il n'était pas rentré, cette voiture à la fourrière, ce week-end entre potes, ce séminaire au ski, cet ami suicidaire…

Une fois que tout était clair, un soir, elle avait simplement annoncé : « J'ai lu. Je sais. » Il n'avait pas demandé de précisions. Il s'était levé, avait rapporté son assiette dans la cuisine et s'était assis sur le canapé, derrière elle, figée à sa place. « Et maintenant tu décides quoi ? » avait-il demandé d'une voix glacée. C'était à elle qu'il revenait de détruire le couple ou de le conserver, d'accepter le compromis ou de trancher le lien, d'être la cocue ou la célibataire. Il n'envisageait aucun changement, aucune demande de pardon. Il attendait dans son dos sa réponse. Elle avait répondu : « Je pars. »

Elle était partie.

Il n'avait jamais avoué, jamais expliqué. C'était un meurtre sans cadavre. Elle n'avait que sa certitude. Il n'avait rien reconnu. Elle en aurait été soulagée. Mais elle savait que c'était précisément ce qu'il ne voulait pas lui offrir : un mieux-être, un ticket pour l'avenir, une possibilité d'exister sans lui, une autorisation de tourner la page. Elle devait rester là avec son gros livre ouvert sur le même chapitre, éternellement. Ses chaînes demeuraient grâce à ses questions, ses élucubrations. Et le doute, inexorable, sur sa possible folie. Et si son esprit malade avait inventé toute cette histoire ? Elle avait eu si peu de temps pour lire ces aveux. Elle n'avait plus jamais revu le carnet. Peut-être l'avait-elle inventé ? Il était le grand vainqueur de cette confrontation qu'il avait toujours fuie.

Elle passe les mains sur son corps, défroisse sa robe sur ses seins, ses hanches, ses cuisses. Le miroir lui renvoie une image assez glamour. Une adolescente, qui est là avec sa mère, lui fait même un sourire assez encourageant tandis que sa mère, qui regarde dans la même direction que sa fille, s'affole. Elle caresse ses bras et son corps. C'est drôle, quand on y pense, de pouvoir être à la fois la personne caressée et celle qui caresse, de donner et de recevoir en même temps, d'être un corps qui agit et une chair qui jouit. Bon, ma grande, arrête de penser, examine-toi, c'est encore très bien tout ça ! Ça peut servir pour quelqu'un d'autre !

Elle lisse son cou et secoue ses cheveux. Elle est outrancièrement sensuelle, elle a pourtant tellement peur de ne plus savoir comment séduire un homme.

Elle va essayer une autre robe. Nouvelle traversée du catwalk, avec du public de part et d'autre de cette longue piste où les mannequins défilent. Et rideau. Les cabines lui font penser aux photomatons. Ils en ont fait des photomatons ! Chaque fois qu'ils croisaient une cabine dans les gares, dans les grands magasins, dans les multiplex de cinémas, elle exigeait une séance. Il s'y pliait de mauvaise grâce. Elle préférait les appareils où les quatre clichés étaient différents. Elle en profitait pour lui sauter dessus, pour l'embrasser sauvagement, pour grimacer. Elle aimantait ensuite les clichés sur le frigo et les contemplait en souriant chaque fois qu'elle ouvrait la porte pour chercher un aliment. Les photos précédentes atterrissaient dans une boîte à chaussures sous le lit quand il n'y avait plus de place. Elle l'a laissée là. Si ça se trouve, il baise l'autre au-dessus.

Elle était partie.

Avec peu de choses. Ils avaient emménagé ensemble deux ans plus tôt. Elle avait pris ses livres et ses fringues. Il avait proposé qu'ils se partagent la vaisselle. Elle voulait les douze grandes assiettes, elle lui avait proposé les douze petites. Non, il souhaitait six petites et six grandes. Elle l'avait regardé dans les yeux, avait pris une première assiette, l'avait lâchée négligemment. Elle avait explosé au sol. Elle en avait saisi une deuxième. Qui avait subi le même sort. Elle ne le quittait pas des yeux. C'était leur amour qu'elle jetait par terre, pièce après pièce, souvenir après souvenir, promesse après promesse. Il n'avait pas réagi.

Elle avait chargé le camion et ne s'était pas retournée.

« Maintenant je peux bien te dire… » Les langues avaient commencé à se délier dès le lendemain. Eh bien non, tu ne peux rien me dire. Ou tu me le disais à l'époque, ou tu te tais maintenant. C'est trop tard. Elle voulait savoir avant, être au courant, ne pas être la seule dinde farcie, et bien farcie. Ils parlent tous aujourd'hui, car il est si facile de le faire. Quel courage il vous aurait fallu pour m'annoncer qu'il en voyait une autre, l'Autre, qu'ils connaissaient tous apparemment. Alors non, tu ne peux pas me dire, parce que non, je ne veux pas entendre.

Ils savaient tous. Elle a fait les comptes. À une soirée où elle est arrivée en avance, avant lui. Elle est passée de groupe en groupe en demandant : « Vous saviez ? » Ils répondaient « oui » d'un air gêné, ou détournaient la tête, ce qui était une autre façon de confirmer, hommes et femmes, même ceux qu'elle pensait ses amis.

Elle était partie. Une deuxième fois. Elle n'avait plus rien à faire avec lui ni avec eux, ses complices.

Elle passe une autre robe. Beige. Jouer les contrastes, c'est une idée. Il faudrait pouvoir passer d'une histoire à l'autre avec autant de facilité. Se défaire des oripeaux et en revêtir d'autres, sans dommages, une nouvelle tenue, car la précédente ne convenait plus, commençait à sentir. Faire histoire neuve en deux mouvements de bras et de buste.

« Mais tu savais, forcément. » Ben oui, c'est sa faute en plus ! Ce n'est plus lui le salaud, c'est elle qui fermait sciemment les yeux ! À la douleur d'avoir été trahie devait s'ajouter celle d'avoir préféré le mensonge, l'aveuglement, la lâcheté. Elle n'avait pas voulu savoir, c'était forcé. La culpabilité changeait de camp. C'est quand même très fort.

Cette robe aussi est bien, peut-être un peu trop décolletée. Après, on n'attrape pas des mouches avec du vinaigre. Non, mais quand même, le beige et le noir, c'est trop évident, trop manichéen, trop attendu.

Remonter à cheval, redonner sa chance à quelqu'un, remettre un orteil dans la mer, puis le pied, puis la jambe, puis le corps tout entier. Son nouveau corps. Elle a calculé. Les cellules de la peau se renouvellent tous les quinze jours. Celles du cœur en un mois. Il n'y a donc plus un millimètre d'elle qui ait connu ce type. Toute trace de lui sur elle a disparu. Rien d'actuel n'est entré en contact avec lui. Mais les neurones ne se régénèrent jamais. Son cerveau a gardé sa trace. Mais cette tête doit penser que tout cela est derrière elle, qu'elle est belle, que sa peau est belle. Il n'y a pas de mannequin noir dans ce magasin. Il n'y en a presque jamais, ni dans les publicités d'ailleurs, ou les défilés. Ça commence à venir, comme une bonne conscience qui émergerait des eaux boueuses peu à peu. Elle est belle.

Elle mise tout sur ce soir. Peut-être que ce serait mieux un pantalon finalement. Elle serait plus à l'aise. Le dernier rendez-vous était horrible. Une petite voix dans sa tête ne cessait de répéter : « Je ne vais jamais y arriver. Je ne retrouverais personne. D'abord il ne faut pas que je retrouve quelqu'un, mais que je trouve quelqu'un », se corrigeait-elle. Elle s'était mis une pression de dingue. Il avait tout pour plaire. Déjà, il écrivait correctement. Des phrases avec sujet, verbe, complément. Pas que des émojis qu'elle ne savait jamais comment interpréter. Un petit bonhomme souriant après une question telle que « Tu dis que tu aimes le cinéma. C'est quoi, tes dix films préférés ? », c'était censé dire quoi au juste ? Et pas de fautes d'orthographe. Il écrivait bien, il avait de la culture, il aimait la danse contemporaine, ce n'était pas banal. Il était professeur à la fac. Ça promettait des conversations intéressantes. Pourtant, tout avait été laborieux. Elle avait placé sa copine Marie à deux tables d'eux, pour qu'elle n'en perde pas une miette et l'exfiltre au moindre malaise. Il avait demandé un chocolat chaud. À 18 heures ! Son verre de vin la rangeait dans la catégorie alcoolique, mais elle n'avait pas pu revenir en arrière, elle avait commandé en premier. Elle regrettait le thé ou le café. Il avait discouru sur le chocolat viennois, puis Vienne, puis la Suisse, puis Bâle, où il passait toutes ses vacances. Et là, elle avait lancé une plaisanterie à la limite du bon goût, non, même carrément de mauvais goût, pour détendre l'atmosphère brutalement, les extraire de cette conférence ennuyeuse. Elle s'était entendue dire : « Et tu n'es pas tombé dans le trou ? » Voilà. Marie se tordait de rire, il n'avait pas saisi l'allusion, elle avait voulu mettre sa tête dans son sac. Il avait poursuivi son monologue sentencieux, la lèvre supérieure couverte de mousse prise dans les poils de sa moustache famélique, avait proposé d'aller dans le quinzième arrondissement dans un petit resto où il avait ses habitudes. Elle avait répondu : « Je ne peux pas, je n'ai pas de serre-tête », une autre tentative d'humour qui était tombée comme un morceau de pain dans la marmite de la fondue. Non seulement il n'avait pas ri, mais pire, il n'avait pas compris. Non, ce n'était pas envisageable quelqu'un qui ne savait pas rire ! C'était même le premier critère, non ?

Marie ouvrait les yeux si grands qu'elle avait pensé au type dans *Orange mécanique*. Puis elle avait serré son cou de ses deux mains pour signifier qu'elle allait mourir d'ennui avec un gus pareil. Elle avait prétexté une urgence amicale. Il avait paru étonné puis résigné. Elle ne devait pas être la première à couper court, il était parti et avait envoyé le soir même des photos de Bâle et une captation d'un ballet de Carolyn Carlson. Marie et elle étaient encore en train de se marrer à en avoir des crampes. Il y aurait eu cela de bon dans cette histoire : les vrais amis, ceux qui étaient restés après la séparation, accompagnaient, triaient, classaient, faisaient barrage aux fâcheux, cordon sanitaire contre les lourdauds, rehausseurs d'ego quand les échecs s'empilaient, fournisseurs d'apéros, de cinés, de soirées, jusqu'au prochain rendez-vous Tinder.

Et celui qui ne se souvenait pas de son prénom ! C'était pathétique ! Elle le voyait faire des efforts désespérés pour le retrouver, éviter savamment d'avoir à le prononcer, pour finir par se lancer sur un risqué Fabienne. Perdu mon grand ! Moi c'est Fatou. Ça commençait bien, mais Fabienne, quand même !

Et cet abruti qui continuait à écrire à d'autres pendant qu'ils étaient ensemble ! Au cas où une opportunité pourrait lui filer entre les doigts, alors qu'il en tenait une en face de lui ! Son téléphone sonnait comme un réveil fou.

Et ceux qui dérapaient :

— Tu as la peau si brillante ! Et tes cheveux, waouh, je peux les toucher ? Ça ressemble à de la mousse !

Ben non, en fait, tu ne peux pas, on ne se connaît pas, on vient à peine d'échanger quelques mots. Ce n'est pas un jouet, une nouvelle expérience sensorielle. Ce sont mes cheveux ! Je ne demande pas si je peux toucher tes poils raides et gras, qui ne me sont pourtant pas familiers.

Elle ne parle pas de ceux qui s'attendaient à des prouesses sexuelles au lit, de la « sauvagerie », de la contorsion, après des danses endiablées puisque évidemment, elle avait le rythme dans la peau. Elle les décevait immédiatement, affichant une froideur extrême sur laquelle tous leurs fantasmes coloniaux venaient se fracasser.

Elle avait essayé les mariages aussi. Selon l'axiome bien connu, c'est à la noce que la suivante se prépare. Elle avait même cru que c'était la bonne la dernière fois. Elle avait identifié le témoin du marié. S'était fait confirmer qu'il était célibataire. Son discours était plein d'esprit. Il était beau et intelligent, c'était son jour de chance. Il l'avait invitée à danser. Elle avait fini dans son lit. Et le lendemain au brunch, il avait fait semblant de ne pas la connaître et ne lui avait pas adressé la parole. Charmant.

Elle ne sait plus en fait comment s'habiller ni même si elle doit aller prendre ce verre. Robe, blouse et jupe, combinaison-pantalon ? Elle ferme les yeux et se repasse les mots de Marie : si une fille géniale comme toi est sur cette appli, un homme aussi génial peut y être aussi. C'est aussi simple que cela. Elle doit essayer. Si ça se trouve, il est dans ce magasin, à quelques mètres d'ici, au rayon hommes, en train d'essayer tout ce qu'il peut en étant tout aussi perdu. Et si ça se trouve, il est nerveux, pétri de doutes, paniqué. Alors, robe ou pantalon ? Elle sort de la cabine.

— Mademoiselle, s'il vous plaît !

La vendeuse s'approche.

— Je voudrais un conseil, enfin si vous le voulez bien, si vous avez le temps.

— Mais bien sûr, dites-moi !

— Je cherche une tenue pour… pour…

— Un rendez-vous galant !

— Oh non ! Enfin si ! Voilà, je n'aurais pas dit ça comme ça, parce que les types sont loin d'être toujours « galants », mais en effet, c'est pour un… rencard. Alors vous voyez, c'est embarrassant. Je ne voudrais pas paraître trop chaudasse. Mais d'un autre côté je voudrais qu'il me trouve sexy et désirable quand même.

— Votre carnation vous permet toutes les audaces. Même ce beige que vous portez vous va parfaitement alors qu'il me donne un teint cadavérique.

Au moins, cette fille n'élude pas le sujet de la couleur de peau ! C'est si rare, quand c'est bienveillant, qu'elle en est un peu désarçonnée.

— Le rouge aussi, ce serait une tuerie sur vous ! ajoute la vendeuse.

— Oui, c'est vrai, mais je n'ai pas trouvé. Ou alors pas osé…

— Donc objectif sexy et pas chaudasse, c'est bien ça ? répète la vendeuse avec un grand sourire.

— Voilà ! Tout à fait.

— Je m'en occupe !

Elle part en quête de la tenue idéale.

Elle retourne dans sa cabine. Et enlève cette robe qui colle trop quand même et adhère à sa peau, comme une escalope de dinde sous vide. Ses yeux tombent sur son tatouage à l'aine. La pire idée qu'elle ait jamais eue, son nom à lui écrit sur son corps à elle. Comme une bête marquée au fer rouge. Elle avait eu mal. Elle voulait lui appartenir pour toujours. L'idée lui plaisait. Elle la terrifie aujourd'hui. Comment a-t-elle pu vouloir d'un autre nom que le sien sur sa propre peau ? Une détenue. Une bagnarde. Elle a refusé un signe recyclable, qui pourrait servir pour un autre, du type « à mon amour », proposé par le tatoueur. Non. Elle était radicale. Ce serait son nom en entier. Le type avait souri. « Vous êtes sûre ? — Certaine ! » Il y avait de la fierté dans sa voix, de l'arrogance même. Oh, je sais bien ce que vous pensez ! Mais à d'autres. Nous ne nous quitterons pas, nous ! Nous resterons ensemble jusqu'à la tombe et mon vieux corps flétri se décomposera avec ces lettres bleues. Il avait souri. Avec un peu de condescendance, avait-elle noté. Il avait raison, pourtant. Elle ira chez un autre faire disparaître cette marque honteuse. Et plus aucun nom n'occupera son aine.

La vendeuse est de retour. Elle lui passe des tenues par la fente dans le rideau.

Elle enfile une première robe rouge, effet waouh, on ne remarque qu'elle, la passion, l'enfer, le feu !

— Ça, c'est inflammable ! souffle la vendeuse quand elle la voit. Brûlure garantie ! Pompiers demandés !

Elle rit. C'est un peu trop pour elle, elle sait qu'elle n'osera pas la porter. Elle n'a qu'un regard à jeter à la vendeuse pour savoir qu'elle est aussi de cet avis. Il ne s'agit pas de transformer l'heureux élu en torche puis en cendres !

Deuxième robe… léopard.

Non ! Pas ça ! Pas les clichés de la tigresse vorace et insatiable surgissant des hautes herbes pour fondre sur sa proie. Pas cette vendeuse. Elle la croyait plus fine, plus intelligente, moins…

— Le truc léopard, si jamais vous essayez, dit la voix à travers le rideau, je me suis dit que c'était too much, mais comme certaines aiment jouer à fond avec ce genre de stéréotypes, je ne savais pas trop… Y a aussi l'imprimé forêt avec de grandes feuilles de bananier, mais bon… Là encore…

Ouf ! Elle ne fait pas partie de ces gens-là !

Elle répond simplement :

— Je ne suis pas comme ça.

— Ah ouf ! Ben essayez la verte alors !

Elle sort une minute après avec un long tube vert foncé, du cou aux genoux, en côtes fines.

— Ben en fait, ça fait un peu sapin, je trouve.

Elles rient.

— Après, ça s'enlève vite, ça c'est pas mal !

Elle rougit.

— Au cas où, je veux dire ! précise la vendeuse. Par rapport à l'objectif…

Oui, elle y va pour ça aussi, il faut être honnête. Mais rien que l'idée lui donne des frissons. Se retrouver nue devant quelqu'un. Elle n'a plus un corps de vingt ans. Il faudra qu'elle garde son soutien-gorge. Et qu'elle rentre le ventre. Si elle est au-dessus. Sinon elle reste dessous. C'est mieux dessous. Dessus le premier soir, ça fait amazone, conquérante, femme de pouvoir. Dessous, les bourrelets fondent, s'éparpillent. Oui, dessous. Si la vendeuse savait à quoi elle pense ! Quelle honte ! D'un autre côté, est-ce que l'homme qu'elle va rencontrer est en train de se poser ce genre de questions ? Non, il va venir au rendez-vous tel qu'il est, et si tout se passe bien, ils finiront la soirée au lit où il montrera son corps sans se soucier de la lumière, de l'angle, des bourrelets... Alors elle aussi elle va y aller telle qu'elle est et, si l'occasion se présente, dénuder et offrir ce même corps, sans complexes ! Non, mais ! Et il le prendra en l'état, sans l'examiner, ni le tronçonner, ni le décortiquer, comme elle passe son temps à le faire. Il le caressera dans son entier. Il le fera vibrer nerf à nerf. Il le contentera, alors que ses yeux le condamnent. Il sera plus indulgent qu'elle ne l'est.

— Attendez, en fait, c'est encore trop ! lance la vendeuse. Pour ce que j'y connais et d'aussi loin que je puisse en juger, je pense qu'il vaut mieux une robe un peu sage dont on ouvre quelques boutons au niveau du décolleté plutôt qu'une robe absolument sexy qui donne tout à voir immédiatement. C'est une histoire de dévoilement, d'érotisme progressif, tout ça ! Paraît que si on se fout à poil direct, ça fait moins d'effet que si on s'effeuille comme un artichaut ! Voilà !

Elle sourit. Cette fille est drôle. Elle attend dans la cabine.

Elle a trente-huit ans. Il ne va pas falloir attendre trop longtemps non plus. Deux ans, quatre ans maximum. Son corps fertile a une date de péremption. Elle est née avec son stock d'ovules qui disparaissent un par un, mois par mois. Dans quelque temps, il n'y en aura plus. Elle veut des enfants. Son corps a un minuteur. Pourtant, afficher la couleur, mettre au jour ses projets de bébé au premier rencard, c'est l'assurance d'une fuite immédiate, ou d'une exfiltration plus ou moins discrète selon le talent du gars pressenti. À moins de tomber sur quelqu'un qui a le même désir qu'elle. C'est quoi la règle déjà ? Ah oui, les 4 C ! Le Cœur (éprouver des sentiments), le Cerveau (avoir des choses à se dire et à partager intellectuellement), le Cul (faire l'amour et que ce soit bien), les Circonstances (que ce soit le bon moment et pour toi et pour lui). Parce que concrètement, il lui reste combien de tentatives : 4 ans, fois 12 ovules, sachant que l'ovule reste fécondable 5 jours, ça fait...

— Bon, tenez, ordonne une voix en même temps qu'un bras tend des cintres, ce qui la sort de ses calculs alambiqués.

La vendeuse est revenue avec des robes plus sages, mais qui se dévergondent en deux boutons ôtés ou une fermeture descendue.

Elle enfile une première robe noire, chemisier, seyante, super bien coupée, avec un décolleté qui peut s'agrandir, si jamais...

— Ça c'est bien, valide la vendeuse derrière elle, et ça s'enlève vite si besoin ! Comme l'autre modèle ! Ou lentement c'est selon !

Elle est bien dans cette robe. C'est le bon équilibre. C'est sexy, mais élégant. Elle s'approche du miroir. La voilà la « Revenge dress », celle par laquelle elle va reprendre le contrôle sur sa vie et retrouver le goût du bonheur. Elle n'a plus besoin de poser, de se tortiller, face, profil, dos, elle se sent sereine.

— C'est parfait, vous savez ! Il n'y a pas besoin d'aller chercher plus loin, dit la vendeuse qui l'a suivie avec un peu de retard pour lui laisser le temps de se faire une opinion toute seule.

— Oui, vous avez raison.

Elle retourne dans la cabine d'un pas léger et ôte la robe avec soin. Elle remet toutes les autres sur cintres, il faut parfois commettre plusieurs erreurs avant de tomber sur le bon choix. Elle se dit que les hommes et les robes, c'est un peu pareil.

Elle passe devant la vendeuse et lui glisse, en même temps que les vêtements non retenus, un petit merci.

Elle est occupée, avec un homme, c'est curieux et rare, elle dresse le pouce, une histoire sans paroles.

Elle fait la queue à la caisse et attrape au passage un paquet d'élastiques à cheveux, on en a toujours besoin. Ce soir, il faudra des paroles en revanche. Marie lui a préparé des fiches aide-mémoire si la conversation patine, si le silence s'installe comme un gros ours écrasant.

Elle va y arriver. Il faut simplement qu'elle ne se mette pas trop la pression. Elle est capable. Et puis elle a une antisèche. Elle sort de son sac à main la précieuse feuille pliée en quatre, qui témoigne si bien de l'amitié de Marie.

Quel est le meilleur moment de ta journée ?

Aimes-tu cuisiner ? Quels sont tes restaurants préférés ?

À quoi ressemblent une journée et une nuit habituelles pour toi ?

Quelles ont été tes vacances favorites ?

Où te vois-tu vivre dans quelques années ? À la ville, à la campagne ?

Quel film, série, livre que tu viens de découvrir recommanderais-tu ?

Voilà, ça permet de voir si le mec est pas trop con, pantouflard, et si ça peut aller vers quelque chose cette histoire, d'accord ? Marie sera à côté d'elle de toute façon ! C'est parti !

16

Quelque chose de joli

— Bonjour, mademoiselle.

— Bonjour, monsieur.

Le type est embarrassé. D'être là, près de toutes ces femmes, encerclé, si loin de ses repères et de ses compétences. Il a dans les mains un vêtement qui lui brûle les doigts. Il ne sait pas comment le tenir. Il le porte à bout de bras, comme lorsqu'on dispose une tenue devant le corps de quelqu'un pour voir si c'est la bonne taille et la bonne couleur. Sauf que là, il n'y a personne et que c'est manifestement le problème. Enfin, il y a moi, à l'entrée des cabines, au guichet, pour l'accueillir.

— En quoi puis-je vous être utile, monsieur ?

Je prends les devants. Je sais que si je ne l'aide pas, cela ne va pas venir tout seul.

— Voilà. Alors voilà. Je voudrais quelque chose de joli. Je cherche un vêtement pour ma femme. Enfin, ce n'est pas vraiment ma femme. Cela ne fait pas très longtemps que l'on s'est rencontrés. Très peu de temps en fait.

J'ai ouvert la porte, ça sort dans le désordre, en se bousculant, en jouant des coudes, c'est brouillon. « L'expérience client » dépasse parfois les cadres officiels. Les gens s'exposent, confient, partagent. On leur vend la plupart du temps bien davantage qu'un vêtement.

— Du coup, nous déjeunons ensemble ce midi et je voudrais lui offrir quelque chose pour marquer le coup, pour lui faire plaisir, vous voyez. Mais quelque chose de pas trop impressionnant, pas trop cher, sinon elle va se sentir achetée, mais pas non plus trop cheap, sinon elle pensera qu'elle n'a pas de valeur à mes yeux. Une sorte d'entre deux, vous voyez.

Je vois. Enfin je vois surtout que ce pauvre gars tâtonne dans ses sentiments et cela me touche énormément, bien plus qu'il ne faudrait. Et je sens que les deux minutes réglementaires vont encore en prendre une sacrée claque…

— Du coup j'ai pris ça, mais je ne suis pas sûr que…

Il ne finit pas sa phrase tant il hésite.

— C'est un très joli modèle, je dis pour le rassurer d'entrée. Mais d'après ce que vous me dites, je chercherais peut-être plutôt quelque chose de plus classique tout en étant un brin original. Il s'agit d'un premier cadeau et c'est toujours un peu délicat…

— Ha ! voilà, exactement, c'est tout à fait ça !

L'homme soupire de soulagement. Il a été parfaitement compris ! S'il devait m'évaluer à cet instant précis, je recevrais sans souci mes cinq étoiles de satisfaction qui correspondent à un « parfait ». D'ailleurs, il me sourit et me rend le vêtement envisagé, un chemisier bleu ciel sans intérêt. Il allait commettre une bonne bourde ! Heureusement que je suis là.

— Venez avec moi, je vais vous montrer à quoi je pense.

Je file directement d'une démarche assurée vers un portant à l'entrée. Il ne s'agit pas qu'il détecte un seul petit mouvement d'hésitation. Ça pourrait tout faire rater. Je lui montre une robe noire toute simple, bien coupée, sans fioritures, dans un tissu épais de qualité.

— C'est simple, c'est élégant, c'est ce qu'il vous faut.

— C'est tout à fait ça ! Je ne sais pas comment vous avez deviné, mais c'est tout à fait ça !

Je suis heureuse. Je me sens utile. Cet homme, sans le savoir, me fait autant plaisir que je le contente. Ses yeux sont dans le vague. Il imagine le déjeuner à venir. Il aura emballé la robe dans un sac-cadeau, il en a vu en vente à la carterie à côté du tabac. Il prendra une carte aussi, il écrira un petit mot dessus. Il sait quoi. Une phrase qu'elle lui a dite la première fois qu'ils se sont vus. « Il n'y a pas de hasard, il n'y a que des rendez-vous. » Il disposera la robe dans du papier de soie, pour la cacher, et puis il aime bien le bruit de ce papier, sa fragilité. Il voit déjà ses yeux étonnés, de recevoir un cadeau d'abord, qu'il ait osé lui acheter une robe ensuite. Oui, elle sera surprise ! Et elle se dira certainement qu'avec lui, la vie pourrait être inattendue, festive, joyeuse, merveilleuse. Elle se lèverait, elle serait embarrassée par son cadeau, elle le reposerait dans le sac, elle ferait un pas vers lui, il serait déjà debout, elle lui toucherait le bras, elle l'embrasserait peut-être. Sur la joue certainement. Ou sur les lèvres. Et là, ce serait fou.

— Et pour la taille, monsieur ? je demande, le ramenant à la réalité.

— Ah oui, la taille ! Oh ! là, là ! c'est pareil, il ne faut pas se gourer !

Il se sent maintenant en confiance avec moi, à l'aise, il est moins formel, il s'est laissé aller. Il rougit. Il se reprend :

— Excusez-moi, je… Alors si je compare à vous, si ça ne vous dérange pas (je fais non de la tête, je n'ai pas de souci avec ça, je suis même choisie et payée pour), elle est un tout petit peu plus grande, et c'est même pas sûr, par contre elle est plus ronde, elle a plus de… de… formes, oui, voilà… Et puis elle fait de la natation, alors elle a plus d'épaules aussi. Vous voyez ce que je veux dire ?

— On va prendre du M alors, je lui réponds. C'est le milieu. Un S risque d'être trop petit, un L pourrait être mal pris. Elle pourra toujours venir changer si jamais.

— Ha, c'est parfait, c'est parfait ! C'est formidable ! Merci beaucoup, mademoiselle, vous êtes formidable !

— De rien, monsieur. Les caisses sont par là. Je vous souhaite un bon déjeuner avec Madame, alors.

— Merci. Merci mille fois.

Il se dirige vers les caisses. Puis il fait demi-tour et me rejoint.

— Je reviendrai vous voir, dit-il en me touchant le bras. Pour vous raconter comment ça s'est passé, si cela lui a plu, tout ça. S'il se passe quelque chose, je vous le devrais un peu.

Les larmes me montent aux yeux. Je ne peux que hocher la tête. Je suis vraiment trop émotive. Je retourne aux cabines pour cacher mon trouble.

— Ça va ? Tranquille ! Tu laisses les cabines sans surveillance ! On peut nous piquer tout le stock et toi tu te barres !

C'est Roxane qui brandit le règlement comme une bible, respecte les consignes comme si sa vie en dépendait, épingle tous les manquements, cafte sans doute à la direction.

— J'ai fait une vente à 70, alors ta gueule ! je lui rétorque.

Voilà ! Faut pas venir me chercher non plus ! Ni me prendre de court quand mes émotions affleurent. Et deux fois dans la même matinée, c'est deux fois de trop ! Même si je sais que ce « ta gueule »-là, je vais en entendre parler longtemps !

17

Des blouses, des pantalons, des robes, des vestes, de tout

Elle en a tant dans les bras ! Cinq articles max, elle sait, mais bon, Juliette est compréhensive, elle va l'autoriser à en prendre plus, elles se connaissent bien maintenant, et puis c'est une très très bonne cliente !

Mais Juliette est énervée aujourd'hui ! Ce n'est pas le moment de lui demander quoi que ce soit… « Ta gueule » a-t-elle dit à l'autre, cette vendeuse qu'elle ne peut pas sentir d'ailleurs, mais bon, ça ne se fait pas trop quand même ! Juliette est pourtant si douce d'habitude, toujours encourageante, de bon conseil, jamais à pousser à l'achat ; même si elle n'a absolument pas besoin de l'être, elle tombe dans l'emplette comme dans un trou. Soit elle a repéré quelque chose dans un magazine et elle le prend sans même l'essayer. Soit elle aperçoit un habit qui lui plaît quand elle parcourt le magasin, et elle ne sait pas résister.

Bon, ce n'est pas grave. Si Juliette est de mauvais poil, elle se débrouillera toute seule. De toute façon, elle préfère. Et personne ne va lui acheter une robe comme ce type, là, et la lui offrir ! Non, elle n'en est pas là. Et elle n'aimerait pas de toute façon que quelqu'un choisisse des vêtements à sa place. Il en a mis du temps en plus, le type. Elle a besoin de quelqu'un de plus décidé, les mecs mous comme ça, c'est insupportable ! La fille d'avant, la Black, elle avait une robe verte, trop belle ! Elle ne sait pas pourquoi elle ne l'a pas prise ! Il y a peut-être moyen de la récupérer d'ailleurs. Elle a préféré la noire à boutons, plus classique ! Elle aurait dû prendre les deux en fait ! Pourquoi choisir ? Elle ne choisit pas, elle, elle prend tout ! La fille était parfaite, faut dire ! Tout lui va ! Sur elle, ça ne ferait pas pareil ! C'est bien le problème, sur elle, ça ne fait jamais pareil !

Bon, Juliette la laisse passer avec un grand sourire. Elle lui donne une plaquette cinq alors qu'elle a bien le double d'articles. Ces pulls noirs, là, ils font tous envie. Et comme c'est la mode, qu'il en faut impérativement un pour ressembler à quelque chose cette saison, et puis Juliette sait qu'elle ne vole pas. Elle paye. Toujours. La moitié presque de son salaire y passe. Mais elle a bien le droit de dépenser son argent comme elle le veut, c'est elle qui le gagne. C'est sa vie. Et personne n'a le droit de la juger.

Elle vient tous les jours en début d'après-midi pendant sa pause. Elle en a besoin. Elle ne remet jamais deux fois les mêmes vêtements. Elle veut du neuf. C'est la seule façon qu'elle a trouvée pour que les jours ne se succèdent pas uniformément. Elle note dans son agenda à chaque page sa tenue. Au lieu de dire, c'était le 2 novembre, elle voit que c'était le jour où elle portait ce pantalon marron et ce chemisier beige à pois.

Non, elle exagère, parfois elle remet les mêmes habits. Quand ils ont reçu des compliments ou même simplement des remarques. Si quelqu'un évoque son vêtement d'une façon ou d'une autre, cela signifie qu'il la sort du lot, et donc qu'il a un intérêt. Il suffit même parfois d'un regard un peu appuyé sur un manteau, des chaussures, pour qu'ils soient gardés et reportés. Elle met des notes dans l'agenda, ou plutôt des étoiles chaque fois qu'un avis positif tombe sur une tenue. Comme sur Vinted. Comme dans une enquête de satisfaction.

Les vêtements disent l'état de son âme. Elle porte des blouses vaporeuses et transparentes les jours de grande fragilité. Elle ose la robe rouge quand elle se sent prête à impressionner la terre entière, à montrer ses talents, à revendiquer une place, à prendre des initiatives. Le tailleur gris est réservé aux moments d'effacement, où la morosité, la fatigue l'envahissent ; elle préfère se camoufler, se cacher derrière son bureau et se confondre avec le mur qui l'entoure. Et puis le noir, le noir, de haut en bas, pour une vie sans couleurs, quand ça ne va vraiment pas, qu'elle voudrait disparaître. On a tous nos petits moments de mou. Si elle devait le dire avec des mots de magazine, cela donnerait : les vêtements sont les manifestations extérieures et visibles de tout ce qui se passe à l'intérieur d'elle de façon invisible.

Elle est secrétaire médicale. Le corps, ça la connaît. Elle passe sa journée à le voir, sous ses différents aspects : bébé, centenaire, adolescent, vieillard, la plupart du temps mal en point, sinon ils ne viendraient pas consulter.

Depuis sa chaise, derrière son écran d'ordinateur qui sert de paravent et une plante verte qui ramène un peu de nature et de vie dans cet univers aseptisé et en souffrance, elle surveille la salle d'attente et observe les patients. On peut en apprendre beaucoup simplement en les regardant bien, lui a dit le Dr Icole. Leur teint, leur position, leur façon de s'asseoir, même ! Parfois, avant que le malade n'entre dans le cabinet du médecin, elle le prend à part et lui glisse les intuitions qu'elle a sur l'état du futur examiné. Il hoche la tête plusieurs fois et la remercie toujours.

Elle se dit que peut-être elle pourrait se lancer dans des études de médecine avec le savoir empirique qu'elle a acquis au cours de ces quatre dernières années. Bon, le concours a l'air difficile. Et après ce sont neuf ans d'études. Et il faudrait qu'elle garde son boulot pour financer la fac. C'est compliqué…

La différence entre ce pull noir et cet autre pull noir, elle ne voit pas très bien. Et puis elle en a déjà dix des petits pulls noirs, non ? Ho, ce n'est pas sûr ! Et puis ils doivent être un peu fatigués en plus. Parce que ces enseignes de fast fashion, ce n'est pas toujours de la qualité. Ça bouloche, ça s'élime, les mailles sautent, bref. Toujours regarder la qualité du tissu en lisant les étiquettes, c'est ce que sa mère lui a appris. Les matières nobles, laine, coton, lin, et pas trop de synthétiques, juste pour la tenue.

Elle essaie ce pull. Non, mais c'est affreux ! Il sent la transpiration ! Une autre l'a porté, c'est sûr, une vendeuse peut-être, a passé une journée dedans, c'est insupportable. Elle s'en débarrasse et le jette dans le coin de la cabine.

D'un autre côté, c'est la mauvaise semaine, elle a ses règles. Il faut qu'elle fasse bien attention à ne pas salir ce qu'elle essaye. Elle va s'en tenir aux hauts. C'est pénible ces trucs aussi. Elle a lu un article médical l'autre jour là-dessus, non, ce n'était pas dans une revue professionnelle d'ailleurs, elle n'y comprend rien, c'était dans la presse féminine. Ils avaient calculé que les femmes avaient leurs règles pendant sept ans de leur vie si on mettait bout à bout les jours où elles sont indisposées. Sept ans, c'est énorme !

Bon, pas de pull noir. Elle en a déjà plein. Et ceux-ci n'ont rien d'original !

Elle va quand même essayer un pantalon. En faisant bien attention. Ah, mais c'est horrible, il la boudine, il moustache. C'était tellement plus joli en vitrine ! C'est toujours comme ça ! C'est beau sur le mannequin, mais c'est importable dans la vraie vie !

Elle a le nez pour détecter les faux malades. Ceux qui viennent demander des arrêts maladie sans en avoir vraiment besoin. Elle a plus de mal avec les fous. Ils n'ont pas toujours un entonnoir sur la tête et ne prononcent pas des propos incohérents, elle l'a appris à ses dépens. Ils se sont fait braquer le cabinet, une fois, par un schizophrène. Elle n'avait rien vu venir. Il était là, dans la salle d'attente, tranquille, en survêtement, pas très élégant, mais bon, il y en a qui se négligent, surtout quand ils sont souffrants. Il s'est levé, a demandé où étaient les toilettes, d'une voix très calme, en articulant bien, très audiblement (parce que pour certains vieux, on ne comprend rien à ce qu'ils racontent, victimes de cancers de la gorge ou des voies respiratoires, c'est terrible, elle leur demande d'écrire parfois, sinon c'est impossible). Le gars a bifurqué vers le cabinet du docteur, est entré et l'a braqué pour avoir tous ses médicaments. La peur de sa vie quand elle a vu l'arme ! Elle n'a pas pu appeler la police. Et le Dr Icole, qui n'a pas perdu son sang-froid, a tout donné sans s'émouvoir, ne lui en a même pas voulu après. Depuis, elle a mis un détecteur d'armes discret le long de son bureau, qui peut sonner si quelqu'un de dangereux passe.

Si elle ne prend pas de pull noir, il faut qu'elle trouve autre chose. Elle ne peut pas repartir sans rien, c'est impossible. Il faut qu'elle parte en chasse d'un substitut.

Elle avait plein d'idées avant de venir, piochées dans les magazines, et là, elle ne sait plus. Il y a trop de choix, elle est comme étourdie. Elle regarde beaucoup les revues, elle les épluche même. Tous les vendredis, elle prend sa pile au kiosque, le vendeur lui met tout de côté. C'est difficile de ne pas les regarder pendant le week-end, mais avec de la volonté, elle y arrive. Et puis sinon, il ne lui resterait plus grand-chose à faire pendant la semaine. C'est long une journée, on ne se rend pas compte. Une fois qu'on a vérifié les plannings, rappelé les gens, fait la compta, répondu aux appels, il reste tout plein d'heures qu'il faut remplir ! Elle fait des mots fléchés pour entretenir sa mémoire, et des sudokus aussi, mais elle aime moins. Non, le mieux ce sont les périodiques. Elle lit tout. Elle sait exactement quel parfum vient de sortir, ce qu'il faut porter cet automne, les crèmes qui marchent ; elle lit les témoignages, elle décrypte les tenues, elle aime aussi l'horoscope et la numérologie.

Mais attention, il ne faut pas la croire assez bête pour penser qu'en achetant exactement les vêtements de la fille sur la photo elle aura la même vie qu'elle, son élégance, sa décontraction, sa minceur, sa beauté, son appartement luxueux, et tout ce qu'elle devine et qui n'est pas sur le cliché : un job intéressant, un homme éperdument amoureux, une existence confortable, des vacances dans des endroits merveilleux, des amis sûrs et brillants. Parce que lorsqu'elle enfile les mêmes vêtements, prend les mêmes poses, elle n'est pas le mannequin qu'elle a contemplé. Ce n'est pas seulement une question de maquillage adéquat. Et de coiffure. Une petite voix lui dit qu'il y a arnaque : même avec la panoplie complète, elle ne serait pas encore cette femme-là.

Elle tombe sur une jupe-culotte. Tout un portant de jupes-culottes, même ! Elle aime bien la mode, mais quand même ! Qui a remis la jupe-culotte en circulation ? Qui l'a sortie des armoires versaillaises où les mites devraient en faire un festin ? Ça l'énerve, vraiment ! Même, ça la met hors d'elle ! Qui se trouve belle dans un vêtement qui coupe le jarret en son milieu, raccourci la jambe, tente d'allier le confort d'un pantalon à l'élégance d'une jupe en étant ni l'un ni l'autre ? L'entre-deux n'est jamais bon ! Ou c'est noir, ou c'est blanc ! Qui déteste autant les femmes pour remettre au goût du jour un tel vêtement ?

Elle prend n'importe quoi en rayon, il lui faut absolument draper son corps, car celui-ci, c'est la seule chose valable, visible, existante. Elle peut avoir les pensées les plus profondes, éprouver les sentiments les plus complexes, elle est la seule à le savoir. Ce qui la constitue aux yeux des autres, c'est son corps. Ses pensées ne s'écrivent pas dans l'air comme des bulles de bande dessinée. En revanche, son corps sent bon ou pue, transpire ou frissonne, rougit ou tremble, son corps saigne. C'est sa seule réalité.

Et ce corps, elle peut le transformer à sa guise. Et elle n'a pas l'intention de se priver. Elle veut être chaque jour différente, essayer tous les looks, tout tenter.

Tiens, et cette salopette, là ! Elle n'a pas de salopette dans sa garde-robe ! Voilà ! Elle va la prendre en plusieurs coloris, et ce sera parfait. Ce sera nouveau !

Elle retourne dans sa cabine et passe devant Juliette qui la laisse faire sans réclamer des comptages et des plaques avec des numéros dessus. Elle enfile la salopette, ce n'est pas très seyant, c'est ample, mais elle aime bien. Il faut qu'elle aille vérifier devant la glace, rien ne vaut le verdict du miroir.

Le devant, c'est bien, mais derrière, comment savoir ? Elle s'est toujours demandé pourquoi on ne pouvait pas se voir de dos. Puisque l'oreille et ses trucs bizarres et tout petits existent, puisque des mètres d'intestins font des virages dans son ventre, puisqu'un spermatozoïde qui féconde un ovule produit un être humain, pourquoi notre tête ne peut-elle tourner sur elle-même, un petit 360 degrés sur un cou souple avec ligaments mous comme un flexible de douche, elle pourrait être sûre que cette salopette lui fait de belles fesses. Il y a des parties de son corps qu'on ne voit jamais, qu'on ne touche jamais, c'est seulement l'autre qui pourrait lui en donner l'accès. Les zones inaccessibles, par manque de souplesse. Son dos, le creux entre ses omoplates, des vertèbres… Il lui faudrait des bras téléscopiques.

Elle a souvent de drôles d'idées comme celles-ci. Des inventions inutiles, des rêves décalés, des combinaisons loufoques. Parfois les gens s'interrogent sur sa santé mentale. Elle s'en fout. La plupart ne sont pas plus sains d'esprit qu'elle, il n'y a qu'à venir dans la salle d'attente du Dr Icole.

Peut-être que l'homme de tout à l'heure, s'il était resté plus longtemps, aurait validé son achat, avec un petit sourire en coin, un œil qui s'allume, un mouvement du menton. On s'habille pour les hommes, pour exister à leurs yeux, elle est sans illusions sur le sujet. Ce sont eux qui imposent ces efforts, ces achats, ces toilettes, sans dire un mot. C'est pour eux les chaussures à talons, les jupes si droites qu'elles rendent la démarche impossible, les pantalons qui serrent le ventre, la lingerie qui rentre dans les fesses, en un mot l'inconfort. Il faut avant tout se plaire à soi-même, mon œil !

Il est gentil le Dr Icole. Parfois, il lui demande des services qui ne sont pas vraiment dans sa fiche de poste, mais ça ne la dérange pas. De déposer ses chemises au pressing. D'aller chercher la commande chez le traiteur (sa femme n'aime pas cuisiner et ils reçoivent souvent), parfois même c'est elle qui passe la commande, elle sait exactement ce qu'il aime, elle le connaît bien, à force. Il lui arrive aussi d'aller avec l'ordonnance et la carte vitale à la pharmacie du coin pour récupérer les médicaments d'un patient trop fatigué. Elle aime bien, ça lui fait prendre l'air. Quand elle se perd dans la contemplation d'un malade, qu'elle feuillette un magazine, qu'elle rêvasse, il la sort gentiment de ses nuages. L'autre jour, le téléphone sonnait, elle ne l'entendait même pas. Elle était très loin dans ses pensées. Il lui a touché l'épaule pour la réveiller. Elle en a été toute chamboulée.

Elle retourne à sa cabine. Elle ne va pas prendre cette salopette. C'est peut-être confortable, mais ce n'est pas du tout assez féminin. Ça fait bricoleuse. Fille qui repeint son salon. Ce n'est pas sexy, ça !

Quand elle passe devant les cabines, elle repense toujours à la scène de *Pretty Woman*, quand Julia Roberts se montre avec des tenues très différentes sur une musique entraînante. Tout lui va, évidemment. Et Richard Gere, qui achètera tout, sourit, aux anges. Et cette scène où elle repasse si bien habillée dans le magasin où les vendeuses l'ont dévisagée et ont refusé de la servir, quand elle les toise et leur demande si elles sont intéressées aux ventes. Ce « Dommage, vraiment dommage » qu'elle leur assène avec un air triomphant. C'est génial ! Ce retournement de situation, elle adore ! Et Richard Gere qui la cherche et ne la reconnaît pas, assise au bar, de dos, quand elle a mis la robe qu'elle venait d'acheter. C'est si beau !

Les cabines d'essayage, c'est là qu'on s'essaie à d'autres vies, d'autres looks. On s'invente une autre identité. On peut faire croire qu'on est quelqu'un de différent.

Pas de salopette, donc, ça ne fait pas assez Julia Roberts. Ce chemisier alors ?

Elle le met devant son buste. Elle repense aux jeux qu'elle avait quand elle était gamine, les poupées à habiller. Elle découpait la figurine, tous les mini-vêtements autour, et elle les fixait ensuite avec des languettes. Elle n'est pas une poupée, mais elle fait la même chose.

Pfff, à quoi bon ce chemisier ! Elle en a plein. Elle ne va pas le porter. Et puis ça se repasse. Si jamais elle veut le remettre. Elle sait que c'est le genre d'achat qui ne sert à rien. Quand elle ressortira du magasin après avoir payé, il n'aura plus d'intérêt, plus d'attrait. Bon allez, elle le prend quand même. Elle ne peut pas repartir sans rien, c'est impossible ! Elle trouvera bien d'autres trucs en allant à la caisse.

18

Passer à la caisse

— Juliette, tu vas à la caisse !

— Quoi, comment, pourquoi ? Mais non !

— Tu ne discutes pas !

Christelle met les poings sur ses hanches et dans son dos Roxane sourit, en embuscade, comme dans une cour de récréation, maîtresse en paravent, cafteuse cachée derrière. Invraisemblable ! À leur âge…

— Apparemment, tu parles mal à tes collègues et ce devant les clients. En plus, je sens comme une odeur résiduelle de cigarette insupportable. Les gens n'auront pas à la subir, ils seront plus loin de toi ! Allez, tu files, Roxane te remplace !

Je ne résiste pas, ça ne sert à rien de s'opposer, je quitte mon poste et quand je passe devant Roxane, elle me regarde de haut. Pour un peu, elle me tirerait la langue. Peste, va !

La caisse, c'est l'horreur. Les gens sont à cran. Ils ont déjà attendu pour les cabines. Ils ont pris une décision, choisi un vêtement, maintenant, il faut que cela aille vite. Quand ils arrivent enfin devant l'ultime vendeuse, ils n'en peuvent plus et te jettent toute leur frustration en même temps que leur article à encaisser. Il faut être efficace, trouver l'étiquette en un battement de cils, scanner, annoncer le prix, encaisser si c'est du liquide, faire fonctionner le terminal à cartes bleues, mettre dans un sac, ticket avec, personne suivante.

Dans cette mécanique implacable, il faut pourtant intégrer un élément nécessaire, une vigilance express, un humanisme rudimentaire. Un sourire, un bonjour et une bonne journée. Les marques d'intérêt les plus brèves donc les plus économiques. Qui doivent malgré tout être réalisées avec sincérité et conviction. Les rictus éclair, les voix métalliques et les formules robotisées sont à bannir. Remettre de l'humain au cœur des choses, toujours ! Même de la fausse humanité !

Je me traîne vers le poste maudit. La fashion victime me fait un petit signe d'encouragement. Vu tous les articles qu'elle a pris, elle va en avoir pour 200 euros au minimum. Je vais la voir arriver dans cinq minutes, c'est sûr ! Au moins ça me fera une personne sympathique en face de moi ! Et je me payerai le luxe de bien discuter avec elle, rien que pour les emmerder !

Je prends tout mon temps, je remets quelques pièces en place, j'écarte les cintres, je classe les tailles dans l'ordre, il ne sera pas dit que j'obéis au doigt et à l'œil, même si c'est le cas.

À la caisse, c'est la double punition, on me met aux retours et échanges. Et là, tout est possible. Les roublardises, les crises, les scandales… Je suis déjà bien remontée, comme disait ma grand-mère, donc une simple étincelle et j'explose.

La fashion victime s'approche en se dandinant, invisible derrière ses futurs achats qu'elle dépose sur mon comptoir comme un homme préhistorique revenant de la chasse.

— C'est les retours ici, madame, lui précise mon voisin mal luné.

Je ne connais pas son nom, il est arrivé la semaine dernière, il est arrogant, sonore, expert en tout, j'espère qu'il va redescendre rapidement et comprendre qu'il n'a pas besoin d'écraser les autres pour prendre une place dont personne ne veut.

— Ça tombe bien, s'écrie-t-elle, je retourne voir ma petite vendeuse préférée, Juliette ! À moins que vous ne vouliez que je laisse tout ça ici en plan et que j'aille faire mon shopping ailleurs ?

Et toc ! Le gars rentre à la niche en haussant les épaules.

J'encaisse ma meilleure cliente qui me sourit. Elle reviendra demain ou après-demain pour une nouvelle cargaison, consommer est son point d'accroche dans l'existence. C'est une don Juan du vêtement : à peine la fringue conquise, elle la délaisse, son charme est rompu. Il faut repartir à l'assaut dans une quête épuisante. Elle se projette immédiatement, mue par une folle envie, pour ne pas mourir, pour ne pas disparaître. « Le désir s'abolit dans la possession », je me souviens de cette phrase en cours de français. Je ne lui dirai jamais cela, je la remercie vraiment pour ces achats, lui lance un « à bientôt » et pour un peu, je lui ferai bien la bise.

La cliente suivante est moins aimable :

— Je rends ça.

Je lance un « bonjour » assez puissant pour marquer l'absence du sien et parce que j'y suis obligée. Le vêtement qu'elle a déposé a été porté. Il est froissé et l'encolure est tachée de fond de teint.

On les connaît, ces clientes-là : elles portent un vêtement acheté pour une soirée, camouflent l'étiquette dans leur cou, paradent avec toute la nuit, boivent, dansent même, et viennent le rapporter le lendemain ni vu ni connu pour l'échanger contre un autre qui servira pour la soirée prochaine. Sauf que les taches ou les odeurs de transpiration ne trompent pas. Bon, il faut regarder attentivement les cols ou mettre le nez dedans, ce qui n'est jamais agréable, mais comment dépister autrement l'imposture ? Les marques blanches de déodorant permettent parfois d'éviter la plongée nauséabonde. Mais la plupart du temps, nous devons donner de notre personne. Les filles se défendent toujours. Mais non, je l'ai seulement essayé. La robe sentait déjà quand je l'ai payée, je n'aurais pas dû la prendre. Et maintenant, ça me retombe dessus ! Où est le responsable du magasin, je vais voir directement avec lui !

En général, nous parvenons assez rapidement à les calmer. Un regard droit dans les yeux, un petit « ça suffit, mademoiselle », un appel à un collègue qui confirme notre point de vue, un petit signe au vigile. Pour les plus tenaces, nous demandons le nom, il y a un fichier avec celles qui ont déjà plus de trois retours à leur actif.

Quant aux petites malignes qui envoient leur frère, leur petit ami, leur père parfois, elles n'ont pas plus de succès. Leur malaise trahit les missionnés qui renoncent assez rapidement.

Elle repart avec sa blouse tachée. Elle n'aura pas eu gain de cause.

La suivante est plus crédible. Elle fait partie de toutes celles qui achètent sans essayer, car le passage en cabines, et je les comprends, est une véritable épreuve. Elles ont pris en rayon, ou commandé sur Internet, et évidemment, elles ne ressemblent pas à la photo sur le site ou ne rentrent pas dans un vêtement taille mannequin. Elles sont plus rondes, plus petites, elles sont surtout réelles et pas retouchées.

Je ne lui demande pas ce qui ne va pas dans le pantalon qu'elle me retourne. Je vois assez la gêne de ne pas faire partie des canons de beauté, des filles à qui tout va, de personne, en fait.

Il faut que j'aille plus vite. La file devant ma caisse s'allonge, je n'ai pas droit à plus de trois minutes par client, on me chronomètre ou du moins on me surveille. Il y a des petites caméras dans notre dos et au niveau de nos genoux. Une vendeuse l'a appris à ses dépens. Elle mettait dans son sac les vêtements rendus et s'en allait avec, et elle a été démasquée. Pour des pièces qui de toute façon finiraient à la poubelle. Elle a eu beau se défendre, tempêter, démontrer l'absurdité du système, s'excuser, elle a été virée le jour même et depuis, on nous fait ouvrir nos sacs quand nous partons. La défiance règne, à tous les niveaux, à toutes les heures, pour toutes les vendeuses, pour toutes les clientes.

Il est 13 heures. J'ai faim. Les cigarettes n'ont pas coupé mon appétit. Ma pause « méridienne » n'est pas pour tout de suite, il faut que j'attende 14 heures, car les clientes font leur shopping sur leur pause-déjeuner, ce qui m'empêche de déjeuner, précisément. C'est merveilleux. Mon ventre se manifeste alors de façon très bruyante. Le zélé à gauche lève les yeux au ciel, ma voisine de droite éclate de rire.

— Cliente suivante, j'annonce, quand le borborygme s'est tu.

— Ce vêtement est troué ! C'est le dernier ! Je le veux ! Comment on fait !

Encore une roublarde !

Je connais la ruse. On fait un petit accroc dedans avec une clé, une paire de ciseaux, un stylo, et après on exige une ristourne. À d'autres ! Il n'y a pas écrit « idiote » sur mon front. Je regarde attentivement le trou. La coupure est nette. Si je pouvais fouiller son sac, j'y trouverais sans peine une petite paire de ciseaux à ongles, je suis prête à le parier. Mais il s'agit plutôt de contourner l'obstacle, d'y aller tout en endoiements.

— Ah…, je suis désolée, madame. Je vais tout de suite vérifier s'il n'est pas quelque part en rayon, mal rangé, ou alors en réserve…

Je fais mon sourire mi-contrit, mi-ancillaire, de la fille de bonne composition, qui comprend parfaitement la déception de l'acheteuse.

— Non, mais je vais prendre celui-là, ne vous dérangez pas, rétorque la cliente, moins assertive d'un coup.

Hé oui, ma grande, tu as pensé à planquer ailleurs les modèles similaires, mais la réserve, ça, tu ne l'as pas vue venir ! L'idée commence à se faire un chemin dans ton cerveau perturbé, mais il se pourrait que tu aies détruit ce vêtement pour rien !

— Mais vous n'allez pas l'acheter troué, voyons ! Laissez-moi le remplacer !

— Non, mais je le veux et vous me faites une réduction du coup comme il est abîmé…

On y vient…

— Mais non, je ne peux pas vous encaisser un habit défectueux ! Allez chercher un modèle équivalent en rayon, je vous attends.

Elle baisse les yeux et me laisse le gilet. Il n'y aura pas d'issue. Je ne le lui vendrai pas, elle ne l'achètera pas non plus, les gens peuvent être si bêtes !

L'heure se poursuit, avec des échanges de taille, des déceptions, des couleurs sur écran qui ne correspondent pas à celles espérées (« Vous appelez ça du mauve ? » Je n'appelle ça rien du tout, c'est juste moche), des chaussures qui blessent les pieds, des sacs sans anse, des chapeaux mous, des manteaux froids, des pulls trop chauds.

— Salut, Olga est là ?

Une voix douce me sort de la méfiance et des rapports de force. L'amoureux d'Olga, celui du banc de la rue piétonne et de la patience est là, devant moi, sans article à acheter, mais ayant fait la queue tout de même.

— Elle était à la caisse il y a cinq minutes avec moi, elle doit être allée chercher ses affaires, je réponds.

— Parce que je l'attends depuis un quart d'heure, et comme elle n'est jamais en retard...

— Oui, elle court te retrouver, chaque fois. C'est beau !

Il est gêné.

— Mais bon, aujourd'hui, la chef est relou, j'explique, elle nous balade d'un truc à l'autre en hurlant, on est un peu sonnées en fait !

— Petit pouvoir, grand abus.

La maxime est courte, la vérité qu'elle énonce implacable.

Olga déboule comme un ouragan et se jette à son cou. Ils s'en vont, j'ai toute la journée à tirer. Je les regarde partir, elle, penchée sur lui comme un arrondi de bras de danseuse, lui, accueillant ce poids supplémentaire comme s'il ne pesait rien ; je ne peux pas dire que j'envie leur bonheur, il est trop loin de moi.

— Ça va ? Ça ne te dérange pas de me laisser tout le boulot ?

Monsieur « Je fais tout bien » revient à la charge. Les petits cheveux à l'orée de son front sont trempés, de diligence, de stress, de perfectionnisme.

— Détends-toi, Raoul, je lui dis. Ça te servira pas à grand-chose de lécher le cul de la patronne et de te mettre tout le monde à dos !

Grâce, élégance, vocabulaire choisi, c'est tout moi ! Il me regarde avec des yeux gros comme des boutons de manteau.

— Allez, moi, je vais manger un sandwich et retourner à mes cabines d'où je n'aurais jamais dû partir ! Tchao, la compagnie !

Je suis effectivement très mèche courte aujourd'hui, il faut que je fasse attention !

19

Blouse en dentelle

C'est toujours le même rituel. D'abord entrer dans le magasin l'air dégagé, quelque peu hautaine, surtout ne pas montrer d'inquiétude, d'ailleurs, à force, elle n'en ressent plus vraiment. L'idéal serait de porter des lunettes de soleil afin que les vigiles ne voient pas ses yeux balayer les rayons tels des lasers tentés. Mais cet accessoire attire trop l'attention. Elle préfère jeter des petits regards discrets tout en effleurant les tissus, manipulant les cintres, sortant quelques vêtements au hasard de leurs portants, et se promenant, comme en goguette, à la campagne. Elle pousse parfois son interprétation jusqu'à faire semblant de téléphoner. Elle prend alors une voix détachée et chaude pour raconter le dernier film qu'elle a vu, un rendez-vous raté, tout en regardant distraitement et avec une mine de dégoût les tenues proposées.

Ensuite, il faut cacher un vêtement dans le tas des cinq permis pour l'essayage. Elle rendra les cinq, mais le sixième, elle l'aura gardé. Tous ceux qu'elle sélectionne sont potentiellement subtilisables. Elle choisira en cabine. Elle a plusieurs techniques : mettre deux pièces sur un même cintre, rouler en boule un article dans son sac, le cacher dans les plis de son imperméable qu'elle place sur son bras, les idées ne manquent pas.

Parfois, quand l'envie est trop pressante, elle se passe de l'étape cabine. Elle arrache l'antivol d'un geste vif, traverse le magasin d'un pas déterminé, franchit les portillons sans ralentir, et se retrouve dehors, au grand air, son larcin parfois endommagé et immetable dans son sac.

Mais la plupart du temps, elle fait durer le plaisir le plus longtemps possible et s'empêche de succomber trop vite à sa pulsion. La déception vient toujours trop tôt.

Elle repère cette veste, qui irait bien avec la robe qu'elle a volée hier. Cette blouse, ce petit haut, cette tunique aussi lui plaisent beaucoup. Ce pantalon, également, même si elle a déjà un pantalon beige, mais la forme est légèrement différente. Elle s'empare de tout et camoufle un haut en dentelle très joli sous son manteau.

— Bonjour, mademoiselle.

Soigner les apparences. Être extrêmement polie. Éloigner le soupçon. Les voleurs, dans l'imaginaire collectif, sont des délinquants qui ne respectent pas non plus les lois de la civilité et du savoir-être. En les arborant d'entrée, elle se place dans le camp des gens bien.

— J'ai cinq articles.

Elle est la bonne élève, qui devance l'interrogation, qui fait tout bien, qui mérite un 20 sur 20. On ne peut imaginer qu'un sixième article se balade quelque part, près d'être volé.

La vendeuse, qu'elle reconnaît, fait du zèle. Elle ne l'aime pas d'ailleurs. Cette fille sèche qui porte son uniforme avec si peu de grâce, qui se promène souvent dans l'allée centrale pour conseiller les clientes, ce qui fait d'elle un obstacle assez encombrant, ne se contente pas d'enregistrer l'information qu'elle lui a donnée. Elle tient à recompter les articles. En les lui prenant carrément des bras. Et un, et deux, et trois, c'est bon, ma fille, tu sais compter ! Elle ne manifeste aucun signe d'impatience. Elle se tient très droite, sourit, mais faites donc votre basse besogne, ma chère, vous êtes payée pour cela après tout.

La vendeuse la fixe maintenant, comme si elle voyait au travers de son manteau. Mince, elle sait ou quoi ? Elle ne fait pas un mouvement, un léger frisson parcourt son dos, il en est presque agréable, la fille n'ose pas lui demander d'ouvrir les pans de son pardessus, elle devrait. Elle lui tend le carton avec le chiffre 5. Le numéro six est bien là, en embuscade.

Tant pis pour toi, ma grande !

Elle gagne sa cabine en se dandinant sur ses talons de dix. Elle triomphe. Celle du milieu a sa préférence. Au fond, elle est trop près du miroir, et tout le monde passe devant sa cachette et peut la surprendre, elle sait pertinemment que les rideaux ne ferment pas complètement. Devant, ce sont les vendeuses qui la menacent. Elle a volé sa plus grosse pièce, un manteau sublime, bleu marine, 100 % cachemire, à 199 euros, dans la cabine du côté droit. Elle y retourne. Elle a ses superstitions.

Là, elle prend son temps et ses aises. Elle suspend les vêtements choisis et libère le larcin. Elle essaie tout. Elle sort régulièrement vérifier son reflet. Tout lui va, il n'y a rien à dire, elle fait si attention à sa ligne, elle mange si peu. Elle picore. Son mari l'appelle « mon petit oiseau ». Elle espère qu'il parle de son appétit.

Les cabines d'essayage sont pour elle des isoloirs. Elle y est seule et élit l'atour qui aura sa préférence. À l'abri des regards, elle peut choisir le candidat ridicule, minoritaire, extrême, et personne n'en saura rien. Elle se livre à l'immoralité en toute liberté. Elle met le bulletin dans l'enveloppe et hop ! le tour est joué. Elle va se décider pour cette blouse en dentelle. Elle en a d'autres, mais celle-ci a quelque chose de différent et de gracieux au niveau des manches, qui gonflent et renvoient à un autre temps. Elle sort de son immense sac à main (équipé d'un double fond, cela va de soi, elle y cache souvent des petits objets, stylos, maquillage, sous-vêtements, qu'elle dérobe ailleurs) sa petite trousse qui contient ciseaux et crochet à défaire les coutures. Elle est habile. Elle cousait avec sa mère, pour parfaire son éducation de jeune fille irréprochable. Si elle avait su qu'elle lui fournissait des armes pour voler ! Les antivols ne sont pas placés au hasard sur les vêtements. Ils sont souvent sur le devant, pour que leur arrachement fasse des dégâts. Il faut être méticuleuse, entamer le tissu légèrement, faire pivoter le morceau de plastique autour de la fiche en fer, elle a l'habitude. Avec un peu d'adresse, on y parvient aisément.

Ça y est. La blouse est libre. Il suffira d'un petit point invisible pour faire disparaître le trou, ou d'une broche placée au bon endroit. Un temps, ils étaient passés dans ce magasin aux dispositifs à encre, plus pernicieux. Un geste maladroit et hop ! le vêtement est fichu. Une fois, cela avait explosé entre ses doigts. Elle avait eu un moment de panique. Elle était démasquée ! Son chemisier était couvert d'encre indélébile bleue. Et puis la raison avait repris le dessus : la meilleure défense demeurait l'attaque. Elle était ressortie de la cabine en véritable diva outragée, hurlant que ce maudit dispositif avait explosé alors qu'elle essayait cette robe, que son chemisier était bon à jeter à la poubelle, qu'elle ne réussirait jamais à le ravoir, qu'elle exigeait un dédommagement, que c'était un Georges Rech, qu'il valait bien 150 euros… La jeune vendeuse avait tenté de dire que ce genre d'antivol ne s'ouvrait pas comme ça avec un simple frottement, qu'il fallait vraiment forcer, elle avait davantage haussé le ton, demandé à voir le directeur, accompagné ses cris de gestes grandioses, on avait fini par la laisser partir en gardant son RIB pour lui faire un remboursement du chemisier taché. Elle en rit encore. Quel talent d'actrice elle a quand même ! Elle aurait pu en faire son métier sans souci !

Elle place devant elle la blouse libérée et lui sourit. Elle est contente de son coup !

Maintenant, il s'agit de repartir avec.

Elle a essayé toutes les techniques vues sur Internet. Longtemps elle avait eu un sac isotherme avec elle, contenant quelques produits surgelés, des épinards et du saumon, des petits pois, qui dégelaient et regelaient de larcin en larcin. Elle y mettait les vêtements sans même prendre soin d'ôter l'antivol. La doublure en aluminium du sac empêchait le portillon d'en déceler la présence. Elle enlevait tout à la maison dans le garage avec des pinces et un aimant. Mais la combine ayant été éventée et trop partagée sur les réseaux, il était devenu suspect de faire son shopping avec un sac Picard.

Le plus simple c'est encore de superposer les couches, de porter ce qu'on vole. Il y a peu de chances qu'on vous demande de vous déshabiller pour aller vérifier. Et, le cas échéant, vous pouvez résister : c'est illégal. Elle connaît les articles de loi sur le bout des doigts, les caméras interdites, la surveillance dans les cabines, l'arrestation dans le magasin, on ne la cueillera pas comme une pâquerette, ils ont intérêt à être motivés les gars ; elle résistera comme une lionne, elle niera, elle se débattra, elle sortira l'attirail juridique, une vraie furie. Ils la relâcheront par peur du scandale.

Elle enfile la blouse par-dessus son autre top à motifs floraux. Elle est un peu serrée, mais elle peut bien le supporter une heure. Elle voit deux pieds qui attendent devant sa cabine. Des chaussures en cuir, sans particularités, à lacets, taille femme, certainement. Est-ce que ce sont les chaussures de la vendeuse ? Elle n'a pas fait attention. Elle se relâche. Autrefois, elle aurait enregistré ce genre de détails ! Au-dessus, un pantalon noir, mais comme tout le monde en porte dans ce magasin et partout, cela ne lui donne aucune indication.

Elle a l'impression que cette fille la guette. Pire, elle pense qu'elle est identifiée. Elle l'attend à la sortie. Tiens non, les pieds s'éloignent. Fausse alerte.

Combien de vêtements dérobe-t-elle par semaine ? Parce que ce magasin n'est pas le seul endroit où elle sévit. Elle dirait au moins cinq. Un par jour. Oui, c'est son rythme. Quand elle ne peut par se libérer pendant une pause ou après un rendez-vous extérieur, elle en subtilise deux le lendemain. Elle ne revend rien. Elle ne vole pas pour de l'argent, mais pour exister. Pour sentir ce frisson dans l'échine qui fait qu'elle se sent vivante. Pour saborder la morale et ne plus être cette femme bien qu'elle prétend être dans tous les registres de sa vie. Le vol est sa débauche, son trou noir, son vice. C'est aussi son espace personnel. Personne ne sait, personne n'imagine. Parfois, elle se voit au poste, et elle craint qu'on n'appelle son mari. Mais elle est majeure. Il n'y a aucune raison qu'on le prévienne si elle ne dit pas qu'elle est mariée.

Elle ne vole pas utile, ni parce qu'elle ne peut pas se payer de vêtements, uniquement pour les frissons. Elle a tout. C'est bien ce qu'on lui répète si souvent d'ailleurs : « Oh toi, tu as tout ! Un travail passionnant, une belle maison, un mari, des enfants… » Elle vole pour avoir plus. Tout n'est pas suffisant.

Ses larcins atterrissent au fond de son placard. Quand elle rentre, elle n'a pas toujours le temps. Il faut préparer le repas, surveiller les devoirs, le piano, jouer les mères idéales et les épouses modèles, recouvrir la bête du vernis de la femme parfaite. Alors elle jette son chapardage à la va-vite dans son armoire et rejoint la salle à manger sans rien laisser paraître. Elle le ressortira le soir, une fois tout le monde couché, pour un dernier essayage dans sa salle de bains.

Parfois, elle oublie. Et la pièce volée s'endort dans ce lieu inconnu, jusqu'à ce qu'elle vienne l'en délivrer quelques jours plus tard. Parfois même, elle retrouve des articles dans des endroits improbables, quand elle n'a pas pu repasser par sa chambre : sous l'évier, dans le placard à manteaux de l'entrée, dans la machine à laver, au milieu des produits ménagers, dans le tiroir à chaussures. Quelqu'un pourrait la croire désordonnée s'il tombait dessus. Mais personne d'autre qu'elle n'entretient cette maison, alors il y a peu de risques !

Il lui est même arrivé de piquer le même vêtement parce qu'elle ne se souvenait plus de l'avoir déjà subtilisé. Elle prend tant et tant, aussi, qu'à la fin sa mémoire ne suit plus !

Et si elle devait se rappeler tout ce qu'elle a embarqué depuis qu'elle existe, ce serait impossible. Elle a commencé très jeune, avec sa cousine, vers treize ans, elle dirait. Le maquillage au Monoprix. Les collants. Les produits de beauté. Les sous-vêtements. Les bijoux de pacotille. Une sorte de défi entre elles, à celle qui repartirait avec le plus d'articles sans se faire prendre. Elles pouvaient superposer jusqu'à quatre paires de collants dans les cabines d'essayage, laissant même les boîtes vides à l'intérieur, fauchant des bracelets en toc au passage, courant jusqu'à la sortie et jusqu'à chez elles sans remords, avec des grands cris. Cette impression d'être vivantes alors, que rien ni personne ne pourrait les arrêter, que le monde était à elles sans loi ni contrainte, que tout était absolument possible. Ça n'a jamais totalement disparu même s'il y a eu des phases d'accalmie. Depuis deux ans, c'est reparti en flèche.

— Tu as une garde-robe, Victoire ! lui disent ses amies.

Elle peut s'habiller d'une façon différente chaque jour et ne jamais porter les mêmes tenues, c'est vrai. Son mari ne s'étonne même pas de cette abondance qui lui coûte si peu cher. Il ne remarque rien, le pauvre. Il fait si peu attention à elle de toute façon !

Elle ne vole jamais chez les gens. On ne dirait pas, mais elle a des principes. Extorquer des enseignes, des marques impersonnelles dont les dirigeants fument le cigare quelque part dans un paradis fiscal, ça passe. Mais prendre quelque chose à quelqu'un qu'elle connaît, c'est impossible. L'autre soir, à ce dîner chez le collègue de son mari, dans la salle de bains, alors qu'elle retouchait son maquillage, elle a été tentée par cette petite chaîne discrète qui aurait été parfaite à son cou. Mais elle n'a pas pu. Elle appartenait à cette maîtresse de maison joviale et confiante, et avait sans doute de la valeur pour elle, c'était impossible.

Elle doit maintenant sortir de la cabine et du magasin. Plus de pieds visibles et problématiques. La voie semble libre. Ne surtout pas passer la tête pour vérifier. Écouter d'une oreille attentive les bruits du dehors. Non, rien.

L'important, c'est de brouiller les pistes. Les jours où elle est en grande forme ou en grand manque, elle sort de la cabine, rend tout (sauf la pièce qu'elle dissimule, évidemment) et refait un tour. Elle peut ainsi subtiliser une deuxième fringue. Double frisson ! Mais aujourd'hui elle se contentera de cette blouse qui l'entrave désormais, puisqu'elle se superpose à un autre haut.

Elle prend de plus en plus de risques pourtant. Comme une droguée, elle s'est accoutumée à une certaine dose de danger et il faut augmenter chaque fois la posologie. Elle peut ainsi dérober jusqu'à quatre vêtements, passer en même temps qu'un autre client, sonner, et mettre tout sur le dos du pauvre bougre, elle peut tout, elle se moque de tout.

Mais cet après-midi, elle est plus timorée, elle ne saurait dire pourquoi. Peut-être le regard insistant de cette vendeuse qui ne ressemblait pourtant à rien tout à l'heure.

Elle s'est fait piquer une fois. Pas ici. Elle avait été distraite. Elle se souvient de la sueur qui a immédiatement coulé le long de son torse quand la main du vigile s'est posée sur son épaule, la conduite forcée dans l'arrière-boutique, l'humiliation. Elle s'est retrouvée assise à côté d'un gars qui avait gratté un survêtement de marque, haut et bas. Il gisait là, la tête entre les coudes, déjà vaincu. Il lui a redonné du courage. Elle a eu droit au petit discours moralisateur, au : « Madame, mais pourquoi faites-vous cela ? Vous n'en avez pas besoin ! » Elle a réprimé son envie de lui dire que la nécessité n'avait rien à voir là-dedans, ou qu'il s'agissait d'une autre nécessité, impossible à combler pour le coup. Il lui a demandé ses papiers d'identité, elle a refusé de les lui donner, il a voulu appeler la police, elle a cédé. Depuis, elle est fichée là-bas, et au prochain incident, ils appellent les flics direct.

Elle a recommencé dès le lendemain. Ne pas se laisser gagner par la peur. Remonter en selle après une chute. Déjouer la malédiction. Il avait fallu trois larcins réussis successifs pour qu'elle reprenne totalement confiance en elle.

Elle se remaquille avec soin, crayon autour des yeux, rouge à lèvres, poudre pour effacer la brillance produite par l'anxiété et les suées. Elle se remet un peu de déodorant aussi. Et un coup de brosse dans les cheveux. Voilà, elle est impeccable. Elle se redresse, rassemble ce qu'elle ne volera pas et rendra, sort de la cabine, manteau fermé, ceinturé, gestes et démarche fermes.

Elle ne s'arrête pas, ne regarde personne, fonce vers la sortie sans penser à ce haut qui la serre.

— Madame, s'il vous plaît !

Une voix d'homme, puissante, qui fait qu'on s'arrête immédiatement.

Elle le savait ! Cette vendeuse était vraiment trop bizarre, elle a dû donner l'alerte. Et puis ce matin, cette stagiaire qui l'a envoyée balader au bureau, c'était un signe. Elle n'aurait pas dû venir ici !

Ce n'est pas vrai ! Elle ne va pas se faire prendre pour un top de merde à 29 euros ? C'est ridicule. Pas là, pas comme ça !

Pourtant elle soupire, et son corps se détend. Comme si un poids invisible sautait à terre et dégageait ses épaules. Elle s'affaisse d'un coup, molle, libérée.

Elle attendait autant qu'elle redoutait ce moment. Elle en a peut-être assez de tout ça. Elle voulait que cela cesse et comme elle est incapable d'arrêter toute seule, c'est ce type, là, qui va le faire pour elle. Elle se retourne et le fixe. Elle s'attendait à un autre physique. Il n'est pas si baraqué. En revanche, ses jambes sont musclées, elles se touchent, il marche comme un tyrannosaure. Il en a les petites pattes griffues. Prêtes à l'attraper. Les gens l'observent. C'est l'instant de son humiliation, de sa fin. C'est maintenant que tout se termine. Et elle n'éprouve pas ce désarroi qu'elle craignait.

Le T-Rex la détaille de haut en bas. Il voit au travers de ses vêtements. Il identifie sous le manteau et sur le haut fleuri la blouse volée. Il compte les pelures d'oignon et sait qu'il y en a une de trop.

— Veuillez me suivre, s'il vous plaît, lui déclare-t-il d'une voix neutre et ferme.

Elle ne va pas négocier. C'est un jour sans talent. Elle n'a pas son souffle de tragédienne, son énergie de cantatrice. Elle est résignée. Soulagée.

Elle le suit, tête basse, pas lents, jambes vacillantes sur des talons trop hauts. Une gamine prise en faute. Ils se dirigent vers les cabines. Il s'arrête et la regarde longtemps. La torture est longue. Elle sue avec ses deux hauts. Elle voudrait disparaître dans une cabine, se cacher à tout jamais. L'homme ne dit rien et finit par lui tendre un objet.

— Vous avez oublié votre portable dans la cabine.

Elle tend sa main en retour, par mimétisme. Le sang reflue dans son corps. Lentement. Elle réalise peu à peu qu'elle ne va pas être arrêtée. Alors elle a envie de lui crier : je porte un vêtement volé. C'est vrai. Je l'ai pris en rayon. Les étiquettes sont dans la poche arrière d'un pantalon beige que je viens de rendre à la vendeuse. Et l'antivol dans celle de la tunique grise dans le même paquet. Vous avez deux preuves. Parce que je suis une voleuse. Je n'en ai pas l'air, comme ça, mais l'habit ne fait pas le moine. D'ailleurs, je pense que le gilet que je porte je l'ai dérobé aussi chez vous le mois dernier. Dans votre magasin, j'ai bien dû vous dépouiller de plusieurs centaines d'euros au total. C'est retenu sur votre salaire, non ? Arrêtez-moi ! Pour un peu, elle tendrait volontiers les deux poignets pour qu'on lui passe les menottes dans un geste assez théâtral.

Mais l'homme dépose le téléphone dans sa main. Il ne veut pas d'elle. Lui non plus.

Elle repart. Elle tremble maintenant. Une fausse alerte. Un peu comme lorsqu'elle a cru accoucher et qu'on l'a renvoyée chez elle, ce n'était pas encore le bon moment. Jusqu'à quand faudra-t-il qu'elle continue ?

Elle passe les portes. Elle devra revenir pour que tout cela cesse enfin.

20
Un bob

— Je crois que je lui ai fait bien peur ! Elle ne reviendra pas de sitôt, dit Rudy dans un grand rire tonitruant tout en tapant sur le comptoir.

Sa petite taille contraste avec cette voix puissante. Ses cuisses sont comme deux poulets dodus. J'ai toujours bloqué sur elles.

— Elle a encore volé un truc ? je demande.

— Oui, je pense, elle a camouflé un article dans son manteau, je l'ai vue faire quand je la suivais dans les rayons ; ensuite elle est passée chez toi et tu as compté cinq articles, tu ne pouvais pas savoir, elle les a essayés, puis elle a choisi une blouse en dentelle, elle a donné un petit coup de ciseau dedans, s'est débarrassée de l'antivol dans une poche d'un vêtement qu'elle t'a rendu, et puis voilà, comme d'habitude !

— Moi j'aimerais bien que tu la chopes un jour !

— Moi aussi, mais bon, lui demander de se déshabiller, c'est illégal… Enfin t'inquiète, là, je l'ai calmée pour plusieurs jours, et la prochaine fois, j'en fais mon affaire !

Rudy fait son travail avec distance. Il ne profite pas de son statut pour jouer les justiciers, ni les gros bras, abuser d'une violence légale et rémunérée. Lorsqu'il doit fouiller tous les salariés à la fin de la journée, il regarde l'intérieur des sacs d'un œil distrait, pratique une fouille au corps légère et inefficace. Il a besoin de son salaire, mais ne s'abaissera pas à contredire une forme d'humanisme et de bonhommie qui le caractérisent. Il ne s'agit pas de se renier pour quelques centaines d'euros.

Il a assisté lui aussi à une formation antivol il y a deux mois, les chiffres du magasin étant mauvais. Mais elle ne l'a pas transformé plus que cela. Nous nous regardions souvent pendant que le formateur débitait ses horreurs, nous baissions les yeux de honte. Pour la faire courte, et sans qu'il y ait de trace écrite de quoi que ce soit, sous couvert d'une transmission d'expériences et de bouche-à-oreille, il fallait principalement faire attention aux bandes de jeunes, mais évidemment pas n'importe quels jeunes. Voilà. Nous savions que les gens désignés étaient des gens de couleur. Mais rien n'était dit. Alors nous avons choisi de ne pas comprendre. Et la cleptomane de tout à l'heure nous donne raison.

L'après-midi va être long. Je n'ai plus envie de déjeuner, la faim est passée, sans cigarettes.

Il faut accueillir d'autres clientes, toutes nouvelles, mais toutes semblables, compter, conseiller, ranger, nettoyer, remettre sur cintres, succession de gestes automatiques et répétitifs.

Je travaille dans un centre équestre, en fait. Les cabines d'essayage me font penser à des box de chevaux. Dans chaque guérite, un animal tourne et s'excite. Se prépare à la course. Trépigne pour que la stalle s'ouvre et qu'il puisse enfin galoper et montrer au monde entier sa robe, sa beauté, sa rapidité, sa force. Je bouchonne, je nourris de foin, je rassure, j'encourage, d'heure en heure, de jument en jument.

— Bonjour, mademoiselle. Est-ce que vous vous souvenez de moi ?

Je n'ose pas dire qu'au milieu de tous ces clients qui passent, hésitent, essayent, prennent, abandonnent, vont, viennent, dans ce ballet virevoltant, je ne retiens pas grand-chose. Il n'est qu'un numéro, un anonyme, un ticket de caisse. Il a de la chance, c'est un homme. Cela réduit considérablement le choix. Ils ne sont pas nombreux à fréquenter le magasin, encore moins à y acheter quelque chose.

L'homme sourit et se contorsionne légèrement. Cette hésitation me rappelle quelque chose.

— Oui, pardonnez-moi ! Arrogance masculine : je suis là, je suis déjà venu, vous devez immanquablement me reconnaître !

Son sourire d'excuse me fait avancer dans ma recherche : un type gentil, humble, c'est une denrée rare. Et effectivement, maintenant que je le regarde d'un peu près, c'est…

— La robe noire ! je m'exclame.

— Voilà ! Exactement ! C'est moi « la robe noire » ! Vous êtes très forte ! Je suis venu ce matin et je l'ai offerte à midi !

— Et alors ? je demande. Est-ce que cela a plu ? Est-ce que Madame a été contente de votre cadeau ?

— Vous n'imaginez pas ! J'ai fait un triomphe ! Elle était si émue, j'ai cru qu'elle allait pleurer ! Et elle lui va comme un gant ! Elle est magnifique dedans ! C'était pile-poil la bonne taille, la bonne coupe, le vêtement-écrin !

C'est bien dit, ça, le « vêtement-écrin ». Je pourrais m'en resservir comme argument de vente, tiens… « Tenez, madame, pour vous, c'est LE vêtement-écrin qui mettra en valeur votre morphologie, votre carnation, vos formes… »

— Ah bah ça ! ah bah ! je suis bien contente.

Point de vue registre de langage, je ne suis vraiment pas à la hauteur.

Hé, manageur ! Hé, Christelle ! Tu pourrais arriver maintenant, quand on me complimente, j'aimerais bien ! Plutôt que toutes les fois où une cliente pas contente se défoule sur moi ! Tu pourrais surgir, là, pour goûter ce miel qui m'enrobe ! Ça te donnerait peut-être des envies d'augmentation ! Mais rien, personne, évidemment, si ce n'est ce type, son bonheur et moi.

— Vous serez à jamais celle qui a transformé un deuxième rencard en une histoire d'amour. L'accélérateur de particules. La bonne fée. La magicienne. Je vous dois beaucoup. Nous vous devons énormément.

C'est un peu grandiloquent, je l'admets.

— J'ai oublié de vous demander votre prénom.

— Moi, c'est Juliette !

— Alors, merci, Juliette.

Les dernières clientes s'en vont.

La séance de nettoyage du soir est la pire. Les cheveux qui traînent. Combien les gens en perdent par jour, j'avais lu cela quelque part. Et puis les restes de nourriture, les emballages de sandwichs, les paquets de gâteaux, les tickets de caisse, les mouchoirs sales, les clientes prennent les cabines pour des poubelles. Elles y vident leurs poches et leur sac à main. À l'abri des regards, elles deviennent d'autres personnes. Elles ne s'obligent plus à être propres, disciplinées, morales. Elles jettent, elles salissent, elles polluent. Le regard des autres entrave, il éduque aussi. Porte fermée, rideau tiré, libérées des contraintes sociales, elles deviennent des truies. Ou des juments.

Je sors du magasin. Ma journée est finie. Enfin, elle commence. J'ai rendez-vous. Oh, rien à voir avec un dîner galant, mais je suis attendue.

C'est très nouveau.

Il fait nuit. Quelques réverbères éclairent la rue piétonne. Je m'approche du Baratin. En terrasse, je l'aperçois, emmitouflée dans une couverture, repliée sur un livre, soufflant sur une tasse fumante. La vieille dame me voit et me fait un signe de la main. Un geste enfantin. De quai de gare. De portail d'école. De spectacle de danse. Un geste d'amie.

Remerciements

Je tiens à remercier :

Ma mère, Godelive, mes filles, Philomène et Ondine.

Les remparts, la citadelle, la garde rapprochée, celles qui font bloc et parent à toutes les attaques, permettent toutes les reconstructions, les FFF Stephanie et Violaine, Anne, Soline.

Mes meufs sûres, qui m'élèvent et me relèvent (par ordre alphabétique) : Anne, Anne-Laure, Anne-Marie, Bleuenn, Camille, Caroline, Charlotte (×3), Claire, Eglantine, Elsa, Emmanuelle, Emilie, Gaëlle, Garance, Hélène, Inessa, Joëlle, Julia, Julie, Juliette, Lauren, Leslie, Manon, Mathilde (×2), Marie, Marie-Pierre, Pauline, Sandrine, Sélène, Sophie, Vanessa.

Mes soutiens de papier (par ordre alphabétique) : Alice, Anne, Anne-Laure, Annie, Brigitte, Claire, Claude, Clémentine, Cécile, Colette, Déborah, Emilie, Fred, Geneviève, Irène, Lisa, Lola, Marguerite, Marie, Marie-Hélène, Marion, Maylis, Nancy, Simone (×2), Sylvie, Sylvia, Virginia, Virginie.

À toutes ces femmes, merci.

Je remercie aussi les deux hommes qui ont publié ce roman, Xavier et Florian.

Composition et mise en pages
Nord Compo à Villeneuve-d'Ascq

Pour plus d'information :

www.lisez.com

Imprimé sur du papier issu de forêts gérées durablement.

CET OUVRAGE
A ÉTÉ ACHEVÉ D'IMPRIMER
SUR ROTO-PAGE
PAR L'IMPRIMERIE FLOCH
À MAYENNE EN AVRIL 2023

N° d'impression : 102453
Imprimé en France